D1698634

харуки мураками

слушай песню ветра

пинбол 1973

Москва
ЭКСМО
2003

УДК 89
ББК 84(5 Япо)
  М 91

Перевод с японского
Вадима Смоленского

Оформление книги художников
В. Щербакова и *А. Бондаренко*

Макет художника *А. Бондаренко*

Мураками Х.

М 91   Слушай песню ветра. Пинбол 1973: Романы / Пер. с яп. В. Смоленского. — М.: Изд-во Эксмо, 2003. — 304 с.

ISBN 5-04-009761-1

Харуки Мураками (р. 1949) — самый известный из ныне живущих японских писателей, автор полутора десятков книг, переведенных на многие языки мира. «Слушай песню ветра» (1979) и «Пинбол 1973» (1983) — два первых романа «Трилогии Крысы», знаменитого цикла писателя, завершающегося «Охотой на овец» (1988) и продолженного романом «Дэнс, Дэнс, Дэнс» (1991).

УДК 89
ББК 84(5 Япо)

ISBN 5-04-009761-1

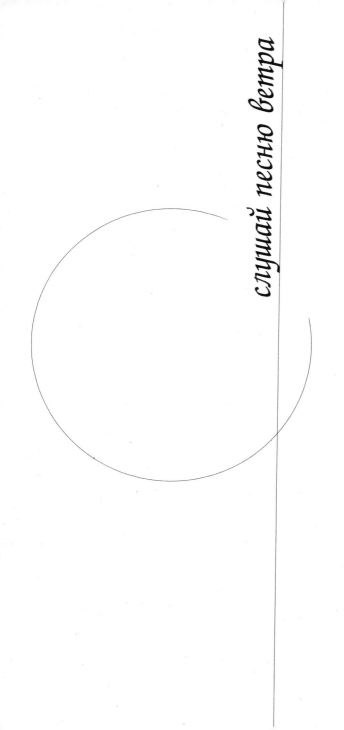

слушай песню ветра

1

«Такой вещи, как идеальный текст, не существует. Как не существует идеального отчаяния».

Это сказал мне один писатель, с которым я случайно познакомился в студенчестве. Что это означает на самом деле, я понял значительно позже — а тогда это было неплохим утешением. Идеальных текстов не бывает — и все.

Тем не менее, как только дело доходило до того, чтобы написать что-нибудь, на меня накатывало отчаяние. Потому что круг возможных тем был ограничен. Например, про слона я еще мог что-то написать, а вот про то, как со слоном обращаться, — уже вряд ли. Такие дела.

Восемь лет передо мной стояла эта дилемма. Целых восемь лет. Срок немалый.

Но пока учишься чему-то новому, стареть не так мучительно. Это если рассуждать абстрактно.

С двадцати с небольшим лет я все время стараюсь жить именно так. В ответ — бессчетные оплеухи, непонимание, обман, но в то же время — и драгоценный опыт. Приходили какие-то люди, заводили со мной разговоры, с грохотом проносились надо мной, как по мосту, и больше не возвращались. Я же сидел тихо, даже рта не открывал. И так встретил последний год, который оставался мне до тридцатника.

А сейчас думаю: дай-ка расскажу.

Конечно, это не решит ни одной проблемы, и, боюсь, после моего рассказа все останется на своих местах. В конце концов, тексты пишутся не для самоисцеления, а только ради слабой попытки на этом пути.

Однако, честно все рассказать чертовски трудно. Чем больше я стараюсь быть честным, тем глубже тонут во мраке нужные слова.

Я не собираюсь оправдываться. По крайней мере, лучше я пока написать не могу. Прибавить нечего. А еще вот что я думаю. Вдруг, забравшись в будущее — на несколько лет или даже десятилетий, — я обнаружу, что спасен? Тогда мои слоны вернутся на равнину, и я найду для мира слова красивее нынешних.

В сочинении текстов я многому научился у Дерека Хартфильда. Можно сказать, всему. Сам Хартфильд, к сожалению, был писателем во всех отношениях бесплодным. Если почитаете, сами увидите. Корявый текст, дурацкие темы, неуклюжие сюжеты. Однако, несмотря на все это, он был из тех немногих писателей, которые могли из текста сделать оружие. Современникам — таким, как Хемингуэй или Фитцжеральд, — он определенно не уступал в боевой выправке. Просто ему, Хартфильду, до конца дней не удавалось найти противника. Собственно, в этом и состояло его бесплодие.

Восемь лет и два месяца он вел эту бесплодную битву, а потом умер. Солнечным воскресным утром в июне 1938 года, держа в правой руке портрет Гитлера, а в левой — зонтик, он прыгнул с крыши «Эмпайр-Стейт-Билдинг». Его смерть, равно как и жизнь, особых разговоров не вызвала.

Первая книга Хартфильда попала мне в руки случайно — они не переиздавались. Я заканчивал тогда среднюю школу и страдал от кожной болезни в паху. Книгу мне подарил дядя, а через три года он заболел раком кишечника. Его искромсали вдоль и поперек, напихали пластиковых трубок во все входы и выходы — он намучился и умер. Когда я в последний раз видел его, он напоминал хитрую обезьянку, коричневую и сморщенную.

Всего у меня было три дяди — еще один умер в предместьях Шанхая. Через два дня после окончания войны он наступил на им же закопанную мину. Единственный дядя, оставшийся в живых, стал фокусником и ездит с выступлениями по курортам.

Хартфильд так высказался о хорошем тексте: «Процесс написания текста есть не что иное, как подтверждение дистанции между пишущим и его окружением. Не чувства нужны здесь, а линейка». («Что плохого, если вам хорошо?», 1936 г.)

Зажав в руке линейку, я начал робко осматриваться. Дело было в год смерти президента Кеннеди — выходит, прошло уже пятнадцать лет. Целых пятнадцать лет я был занят тем, что выкидывал всё и вся. Как из самолета с отказавшим мотором для облегчения веса выбрасывают сначала багаж, потом сиденья, а в конце концов — несчастного бортпроводника, — так и я пятнадцать лет выкидывал всякую всячину. Но взамен почти ничего не получил.

Нет уверенности, что я все делал правильно. Стало легче, это да — но жутко при мысли о том, что останется от меня, когда придется встретить смерть. После кремации — неужели одни косточки?

«Когда душа темна, видишь только темные сны. А если совсем темная — то и вовсе никаких». Так говорила моя покойная бабушка.

В ночь, когда бабушка умерла, я протянул руку и тихонько закрыл ей веки. В это мгновение сон, который она смотрела семьдесят девять лет, тихо закончился, как короткий летний дождь, бивший по мостовой. Не осталось ничего.

И еще насчет текста. Последний раз.

Создание текста для меня — процесс мучительный. Бывает, за целый месяц ничего путного из себя не выдавить. Еще бывает, что пишешь три дня и три ночи — а написанное потом все истолкуют как-нибудь не так.

Но вместе с тем, писать текст — это штука веселая. Ей гораздо легче придать смысл, чем преодолению жизни.

Когда подростком я обратил на это внимание, то так удивился, что целую неделю ходил обалдевший. Казалось, стоит чуть пошевелить мозгами, как весь мир поменяет ценности, время потечет по-другому... Все будет, как я захочу.

То, что это ловушка, я обнаружил значительно позже. Разделив блокнот линией на две половины, я выписал в правую все, чего достиг за это время, а в левую — все, что потерял. Потерял, растоптал, бросил, принес в жертву, предал... До конца перечислить так и не смог.

Между нашими попытками что-то осознать и действительным осознанием лежит глубокая пропасть. Какой бы длины линейка у нас ни была, эту глубину нам не промерить. Все, что я могу передать на бумаге, — не более, чем перечень. Никакой не роман, никакая не литература — вообще не искусство. Просто блокнот, разделенный надвое вертикальной чертой. А что до морали — ну, может, немножко будет и ее.

Если же вам нужны искусство и литература, читайте греков. Ведь для того, чтобы родилось истинное искусство, совершенно необходим рабовладельческий строй. У древних греков рабы возделывали поля, готовили пищу и гребли на галерах, а горожане в это время предавались стихосложению и упражнениям в математике под средиземноморским солнцем. И это было искусство.

А какой текст может написать человек, посреди ночи роющийся в холодильнике на пустой кухне? Только вот такой и может.

Это я о себе.

2

История началась 8 августа 1970 года и закончилась через 18 дней — то есть, 26 августа того же года.

3

— ВСЕ БОГАТЫЕ — ГОВНЮКИ!

Крыса выкрикнул это мрачно, упираясь локтями в стойку и повернув голову ко мне.

Не исключено, что слова предназначались какой-нибудь кофемолке у меня за спиной. Я сидел рядом, и специально орать необходимости не было. Так или иначе, но после вопля Крыса принял довольный вид и снова принялся за пиво.

Впрочем, никто вокруг и не слышал, как Крыса кричал. Тесное заведение было битком набито посетителями, и все орали точно так же. Зрелище напоминало тонущий пароход.

— Паразиты! — сказал Крыса и тупо помотал головой. — Они ведь, сволочи, сами ничего не могут. Как увижу богатую харю, так прямо с души воротит.

Я кивнул, не отрываясь от стакана со слабым пивом. Крыса замолк и уставился на свои тощие пальцы, поворачивая руки то так, то этак — будто грел у костра. Я смиренно поднял глаза к потолку. Пока он не проведет ревизию всех десяти пальцев, одного за другим, разговора не получится. Всегда так.

За лето мы с Крысой выпили 25-метровый бассейн пива и покрыли пол «Джейз-бара» пятисантиметровым слоем арахисовой шелухи. Если бы мы этого не делали, то просто бы не выжили, такое скучное было лето.

Над стойкой «Джейз-бара» висела гравюра, вся выцветшая от табачного дыма. Когда бывало нечем заняться, я глазел на нее часами, и она не надоедала мне. Изображение на ней подошло бы для теста Роршаха. Я, например, видел двух зеленых обезьян — они сидели друг напротив друга и перекидывались двумя сдутыми теннисными мячиками.

Когда я сказал об этом бармену Джею, он внимательно посмотрел на гравюру и флегматично произнес:

— Обезьяны так обезьяны...

— А ты что видишь? — допытывался я.

— Левая обезьяна — это ты, а правая — я. Я бросаю тебе пиво, а ты мне — деньги.

Я допивал пиво под глубоким впечатлением от сказанного.

— Тошнит меня от них!

Это Крыса закончил инспекцию своих пальцев и вернулся к разговору.

Богатых Крыса ругал не в первый раз — он их и вправду ненавидел. Сам был из семьи далеко не бедной — но, стоило ему об этом напомнить, отвечал: «Я же не виноват, что так вышло!». Иногда (чаще — перебрав пива), я говорил: «Нет, ты виноват!» — и после чувствовал себя препого. В словах Крысы все же была доля истины.

— А знаешь, почему я богатых не люблю?

В тот вечер Крыса решил развить тему. Так далеко этот разговор еще не заходил.

Я помотал головой — не знаю.

— Потому что, вообще говоря, богатые совсем мозгами не шевелят. Без фонаря и линейки они и жопу себе почесать не смогут.

«Вообще говоря» было у Крысы излюбленным выражением.

— Понятно.

— Эти сволочи о главном не думают. Прикидываются только, что думают. А все почему?

— Ну, почему?

— Не надо им это. Конечно, чтобы стать богатым, голова немножко нужна. А чтобы им оставаться — уже нет. Это как спутник — ему тоже бензина не надо. Знай себе крутись. А я — не такой, и ты тоже не такой. Нам, чтобы жить, надо обо всем думать. От завтрашней погоды — и до размера затычки в ванной. Правильно?

— Ага.

— Ну вот.

Сказав все, что хотел, Крыса достал из кармана салфетку и со скучающим видом прочистил нос. Я никогда не мог понять, где он серьезен, а где нет.

— Но ведь, в конце концов, все умрут, — закинул я удочку.

— Само собой. Все когда-нибудь умрут. Но до этого надо еще полсотни лет жить. А жить пятьдесят лет, думая, — это, вообще говоря, гораздо утомительнее, чем жить пять тысяч лет, ни о чем не думая. Правильно?

А ведь правильно...

4

Я познакомился с Крысой три года назад, весной, когда мы поступили в университет. Оба сильно напились, и уже не вспомнить, по какому поводу, в пятом часу утра оказались в его черном шестисотом «фиате». Наверное, захотели кого-нибудь навестить.

Так или иначе, мы были пьяны в дым. Вдобавок, стрелка спидометра показывала восемьдесят. Нас спасла только улыбка Фортуны: снеся парковую ограду, пропахав клумбу рододендронов и со всего размаху въехав в каменный столб, мы не заработали ни ушиба.

Придя в себя, я вышиб ногой поломанную дверь и вылез наружу. Крышка капота отлетела метров на десять и приземлилась у клетки с обезьянами, а передок «фиата» вогнулся точно по форме столба. Грубо разбуженные обезьяны страшно негодовали.

Крыса сидел, вцепившись обеими руками в руль и согнувшись пополам, — но не потому, что повредил себе что-то, а потому что блевал съеденной час тому назад пищей на приборную доску. Я забрался на крышу и через люк заглянул внутрь.

— Ты как?

— Да ничего... Малость перепил только. Блюю...

— Вылезти можешь?

— Если вытащишь.

Крыса заглушил двигатель, взял с приборной доски пачку сигарет и сунул ее в карман. Потом схватился за мою руку и медленно выбрался наружу. Сидя на крыше «фиата» и глядя на начинавшее белеть небо, мы выкурили по нескольку сигарет. Мне почему-то вспоминался фильм про танкистов с Ричардом Бёртоном в главной роли. Уж не знаю, о чем думал Крыса.

— Да-а-а... — сказал он минут через пять. — Повезло нам с тобой. Ты подумай, ни царапины. Разве такое бывает?

— И не говори, — ответил я. — Только машине-то, наверное, кранты?

— Да бог с ней. Машину можно новую купить. Везение не купишь!

Я с удивлением посмотрел на него.

— Ты что, богатый?

— Похож, да?

— Так это же хорошо...

Крыса не ответил, только недовольно потряс головой. И повторил:

— А все-таки нам с тобой повезло.

— Это точно...

Затоптав сигарету, Крыса щелчком пальца забросил окурок в клетку к обезьянам.

— Слушай, — сказал он, — может, нам с тобой объединиться в команду? Мы, за что ни возьмемся, все так славно получается!

— А с чего начнем?

— Давай пиво пить.

В автомате неподалеку мы купили с полдюжины банок и побрели к морскому берегу. Растянувшись на пляже, все выпили и стали смотреть на море. Погода была замечательная.

— Зови меня «Крыса», — сказал он.

— Почему «Крыса»? — удивился я.

— Уже не помню. Давно прилепилось. Сначала жутко не нравилось, а теперь нормально. Ко всему привыкаешь.

Мы побросали пустые банки в море, прислонились к волнорезу и часок вздремнули, с головой накрывшись пальто. Проснувшись, я почувствовал, как по всему телу разливается какая-то непонятная жизненная сила. Чудесное ощущение.

— Сто километров могу пробежать, — сказал я Крысе.

— Я тоже, — сказал Крыса.

На самом же деле, нам предстояло выплачивать муниципалитету деньги за ремонт в парке рассрочкой на три года и с процентами.

5

К моему удивлению, Крыса ничего не читал. Никогда не видел, чтобы он читал печатный текст — кроме спортивных газет и рекламных листков. Когда я, убивая время, брался за какую-нибудь книжку, он с любопытством в нее заглядывал — прямо-таки муха, изучающая мухобойку.

— А зачем ты книжки читаешь?

— А зачем ты пиво пьешь?

Мы закусывали маринованной ставридой и овощным салатом. Отвечая вопросом на вопрос, я даже не глядел в сторону Крысы. Он задумался и минут через пять произнес:

— В пиве что хорошо? Оно все в мочу уходит, без остатка. Как всухую выиграл у кого-нибудь.

Он сказал это и посмотрел, как я жую.

— А зачем ты книжки читаешь?

Я проглотил последний кусок ставриды, запил пивом и убрал тарелку. Рядом лежал недочитанный том «Воспитания чувств». Я взял его и пальцами пробежался по обрезу страниц.

— Затем, что Флобер уже помер!

— А живых не читаешь?

— Живых читать — никакого проку.

— Почему?

— Потому что мертвым почти все можно простить.

Я повернулся к переносному телевизору на стойке — там исполняли «Дорогу 66». Крыса опять задумался.

— А живым что — нельзя почти все простить?

— Живым? Я об этом как-то всерьез не думал... Но если они тебя совсем в угол загонят, как их тогда простишь? Не простишь ведь, наверное...

Подошел Джей, поставил перед нами еще по бутылке пива.

— А что будешь делать, если не простишь?

— Уткнусь в подушку и усну.

Крыса в растерянности качнул головой.

— Странно... Как-то я не очень понимаю...

Я налил ему пива. Он съежился и задумался. Потом заговорил:

— Последний раз я книжку читал прошлым летом. Не помню ни названия, ни автора. Зачем читал, тоже не помню. Какой-то роман, а написала женщина. Героиня — тоже женщина, знаменитый модельер, возраст — около тридцати. Короче, она убедила себя, что больна неизлечимой болезнью.

— Что за болезнь?

— Не помню. Рак, наверное. Какие еще бывают неизлечимые? В общем, она едет на морской курорт и там мастурбирует всю дорогу. В ванне, в лесу, в постели, в море — короче, везде.

— И в море?

— Ага. Представляешь? Охота им про это писать. Будто больше не о чем.

— Да уж...

— Такие книжки — я извиняюсь. Меня от них блевать тянет.

Я кивнул.

— Я бы на ее месте совсем другой роман написал.

— Какой, например?

Крыса повозил пальцем по краю кружки.

— Ну, допустим, такой. Я сажусь на теплоход, а он посреди Тихого океана тонет. Я хватаюсь за спасательный круг и абсолютно один болтаюсь в ночном океане, глядя на звезды. Прекрасная тихая ночь. И вдруг откуда-то ко мне подплывает молодая женщина, тоже на спасательном круге.

— Женщина-то хорошая?

— Ну, естественно.

Я отхлебнул пива и покачал головой.

— Дурь какая-то.

— Нет, ты дальше слушай. Значит, мы с ней вместе болтаемся в океане и разговариваем о жизни. Откуда мы и куда, какие у нас увлечения, с кем мы раньше спали, что по телевизору смотрели, какие вчера сны видели и так далее. А потом пиво пьем.

— Погоди... Откуда пиво-то?

Крыса немного подумал.

— Оно тоже там плавало. В банках. На теплоходе столовая была, и оно оттуда высыпалось. И еще сардины в масле. Нормально, по-моему?

— Ага.

— И тут начинает светать. Что делать будем? — спрашивает она меня. Я, говорит, хочу сплавать туда, где наверняка есть остров. А я ей говорю: острова-то, может, никакого и нету! Лучше уж здесь плавать да пиво пить, а там, глядишь, и самолет прилетит спасательный. Но она меня не слушает и уплывает одна.

Крыса вздохнул и выпил пива.

— Женщина через два дня и две ночи добирается до своего острова. А меня, похмельного, спасает самолет. И через несколько лет мы с ней случайно встречаемся в маленьком баре на краю города.

— И опять пьете пиво, да?

— Грустная история, правда?

— Грустнее некуда...

6

В романе Крысы я бы отметил два положительных момента. Во-первых, там нет сцен секса, а во-вторых, никто не умер. Ни к чему заставлять людей умирать или спать с женщинами — они этим заняты и без того. Такая порода.

— Ты думаешь, я была неправа? — спросила она.

Крыса отхлебнул пива и медленно покачал головой:

— Вообще говоря, все неправы.

— Почему ты так думаешь?

Крыса хмыкнул и облизнул верхнюю губу. Ответа не было.

— У меня чуть руки не отвалились, пока я доплыла до этого острова! Думала, умру — до того худо было. И одна мысль свербила: что, если ты прав, а я нет? Почему я мучиться должна, а ты там болтаешься в воде и в ус не дуешь?

Она рассмеялась и страдальчески опустила взгляд. Крыса потерянно и бесцельно шарил у себя в карманах. Первый раз за три года ему жутко хотелось курить.

— Ты желала моей смерти?

— Ну, как... Немножко.

— Точно «немножко»?

— Я не помню...

Оба замолчали. Крысе захотелось что-нибудь сказать.

— Знаешь что? Люди не рождаются одинаковыми.

— Кто сказал?

— Джон Ф. Кеннеди.

7

В детстве я был ужасно молчаливым ребенком. До того молчаливым, что родители встревожились и отвели меня к знакомому психиатру.

Доктор жил на холме, в доме с видом на море. Я сел на диван в залитой солнцем приемной. Средних лет хозяйка, демонстрируя изысканные манеры, принесла холодный апельсиновый сок и два пончика. Стараясь не просыпать сахар на колени, я съел полпончика и выпил весь сок.

— Еще будешь пить? — спросил доктор. Я помотал головой. Мы сидели друг напротив друга. С портрета на стене укоризненно глядел Моцарт, похожий на боязливого кота.

— Давным-давно, — начал доктор, — жил-был добрый козел...

Какое вступление! Я закрыл глаза и попытался представить доброго козла.

— У козла на шее висели тяжелые металлические часы. Он так с ними везде и ходил. Ходил и пыхтел. Причем мало того, что они были тяжелые — они еще и не работали. Пришел как-то к козлу знакомый заяц и говорит: «Слушай, козел! И чего ты все таскаешь эти ломаные часы? Они ведь тяжелые, да и толку от них никакого». «Тяжелые-то тяжелые, — отвечает козел, — да только я к ним привык. Хоть они и вправду тяжелые, а к тому же не работают».

Доктор отпил апельсинового сока и улыбнулся мне. Я молча ждал продолжения.

— И вот однажды заяц преподнес козлу на день рожденья небольшую коробочку, перевязанную лентой. А в коробочке были новенькие, блестящие, необыкновенно легкие и отлично работающие часы. Козел очень обрадовался, повесил их на шею и побежал всем показывать.

Сказка неожиданно кончилась.

— Ты — козел. Я — заяц. Часы — твоя душа.

Я почувствовал, что меня обманули, и покорно кивнул.

Раз в неделю, во второй половине воскресенья, пересаживаясь с поезда на автобус, я добирался до докторского дома. А там ел кофейные рулеты, яблочные пироги, сладкие плюшки, медовые рогалики — и лечился. После года такой терапии мне понадобился дантист.

— Цивилизация есть передача информации, — говорил мой доктор. — Если ты чего-то не можешь выразить, этого «чего-то» как бы не существует. Вроде и есть, а на самом деле нет. Вот, скажем, ты проголодался. Стоит сказать: «Есть хочу!» — как я сразу дам тебе плюшку. Бери. (Я взял.) А если ничего не скажешь, то не будет тебе плюшек. (С видом злодея он спрятал тарелку с плюшками под стол.) Ноль! Понял? Говорить ты не желаешь. Но кушать-то хочется! И вот ты пытаешься выразить это без слов. На языке жестов. Попробуй.

Я схватился за живот и изобразил на лице страдание. «Это у тебя несварение желудка!» — засмеялся доктор.

Несварение желудка...

Потом мы с ним вели Непринужденный Разговор.

— Ну-ка, расскажи мне что-нибудь про кошек. Что угодно.

Я вертел головой, изображая раздумье.

— Ну, что тебе первое в голову приходит?

— Четвероногое животное...

— Так это слон!

— Гораздо меньше...

— Ладно, что еще?

— Живет у людей в домах. Когда есть настроение, мышей ловит.

— А что ест?

— Рыбу.

— А колбасу?

— Колбасу тоже...

В таком вот духе.

Доктор говорил правильно. Цивилизация есть передача информации. Когда станет нечего выражать и передавать, цивилизация закончится. Щелк! — и выключилась.

Весной, когда мне исполнилось четырнадцать, случилась удивительная вещь. Я вдруг начал говорить — да так, будто плотину прорвало. Что именно я говорил, теперь уже не вспомню, но три месяца я трещал без умолку, словно восполняя четырнадцать лет молчания. А когда в середине июля закончил, то температура у меня поднялась до сорока градусов, и я три дня не ходил в школу. Потом температура спала. Я стал не молчун и не болтун — просто обычный парень.

8

Я проснулся в шестом часу утра — видимо, от жажды. Просыпаясь в чужом доме, я всегда чувствую себя чужой душой, засунутой в чужое тело. Не выдержав, встал с узкой кровати, подошел к раковине у двери, выпил, как лошадь, несколько стаканов воды и снова лег.

В распахнутом окне виднелось море. Еще низкое солнце поблескивало в игравших волнах. Плавало несколько грузовых судов, скучающих и грязных. День обещал быть жарким. Окрестные дома спали — слышался только редкий перестук колес по рельсам, да тихая мелодия радиогимнастики.

Не одеваясь, я привалился к спинке кровати, закурил и посмотрел на девушку рядом. На ее тело из южного окна падали лучи солнца. Сбросив с себя легкое одеяло, она крепко спала. Дыхание то и дело учащалось, красивая грудь поднималась и опускалась. Загар уже сходил, становился спокойнее, и отчетливые следы от купальника причудливо белели, напоминая разлагающуюся плоть.

Я докурил и минут десять пытался вспомнить, как ее зовут. Безуспешно. Самое главное — не удавалось вспомнить, знал ли я вообще ее имя. Бросив напрягаться, я зевнул и еще раз посмотрел на нее. Чуть моложе двадцати, скорее худая, чем наоборот. Ладонью я измерил ее рост. Ладонь поместилась восемь раз, и до пятки еще остался один большой палец. Примерно 158 сантиметров.

Под правой грудью — родимое пятно с десятииеновую монету, похожее на каплю пролитого соуса. Мелкие волосы на лобке — как речная осока после наводнения. И, наконец, на левой руке — только четыре пальца.

9

Прошло часа три, и она проснулась. Ей понадобилось еще минут пять, и она начала улавливать связь вещей. Эти пять минут я сидел, сложив руки на груди, и следил, как тяжелое облако на горизонте ползет к востоку, постепенно меняя форму.

Оглянувшись, я увидел, что она закуталась по шею в одеяло и, борясь с похмельной отрыжкой, непонимающе смотрит на меня.

— Ты... кто?

— Не помнишь?

Она мотнула головой. Я закурил и предложил ей, но она не обратила внимания.

— Расскажи, а?

— С какого места?

— С самого начала.

Я не имел понятия, где находится «самое начало», и плохо представлял, с какими словами к ней подступиться. Выйдет, не выйдет?.. Поразмыслив секунд десять, начал:

— День был жаркий, но хороший. Днем я плавал в бассейне, потом вернулся домой, чуть вздремнул и поужинал. Шел девятый час. Я сел в машину и поехал покататься. Добрался до берега, включил радио и сидел, глядя на море. Я часто так делаю. Где-то через полчаса мне захотелось кого-нибудь увидеть. Когда долго смотришь на море, начинаешь скучать по людям, а когда долго смотришь на людей — по морю. Странно это. Короче, я решил пойти в «Джейзбар». Во-первых, пива хотелось, а во-вторых, я там обычно встречал приятеля. Правда, его там не оказалось, и пришлось пить пиво в одиночку. За час выпил три бутылки.

Здесь я остановился, чтобы стряхнуть пепел.

— Кстати, ты не читала «Кошку на раскаленной крыше»[1]?

Она не ответила. Глядела в потолок, закутавшись в одеяло — как русалка, выброшенная на берег.

— Просто я, когда пью один, всегда эту вещь вспоминаю. Как там?.. «Кажется, вот-вот у меня в голове что-то щелкнет, и все наладится»... На самом деле, так не выходит. Не щелкает ничего. В общем, ждать я устал и позвонил ему домой. Хотел позвать выпить. А ответил женский голос. Я удивился — это совсем не в его стиле. Он хоть полсотни девок домой приведет и пьяный будет в ноль, но к телефону подойдет сам. Понимаешь?

Я сделал вид, что не туда попал, извинился и трубку повесил. Настроение как-то испортилось, даже не знаю, почему. Выпил еще бутылку. А оно не улучшается. Глупо, конечно, но бывает. Допил и зову Джея. Сейчас, думаю, расплачусь, поеду домой, узнаю результаты бейсбола и лягу спать. Джей мне говорит: иди умойся. Он считает, что хоть ящик пива выпей, все равно можешь за руль садиться, если умоешься. Делать нечего — пошел в умывалку. По правде сказать, умываться я не собирался — так, вид делал. В той

---

1   Пьеса (1955) американского драматурга Теннесси Уильямса (1911—1983). — *Здесь и далее примечания переводчика.*

умывалке вечно труба забита, вода не уходит. Никакого удовольствия. Хотя вчера почему-то вода уходила. Только там другая беда стряслась — на полу ты валялась.

Она вздохнула и закрыла глаза.

— А дальше?

— Я тебя поднял, вывел, спросил, не знает ли тебя кто. Никто не знал. Потом мы с Джеем рану тебе обработали.

— Рану?

— Ты, когда падала, о какой-то угол головой ударилась. Да так, ничего страшного.

Она кивнула, выпростала руку из-под одеяла и коснулась ранки на лбу.

— Мы с Джеем обсудили, что с тобой делать. В конце концов, решили, что я отвезу тебя домой. Залезли к тебе в сумку, нашли бумажник, связку ключей и открытку. Я расплатился за тебя деньгами из бумажника и отвез по адресу на открытке. Открыл дверь твоим ключом и уложил тебя в постель. Вот и все. Счет в бумажнике.

Она глубоко вздохнула.

— А почему ты остался?

— ?

— Почему не уехал сразу, как меня уложил?

— У меня один приятель умер от острого алкогольного отравления. Выпил виски, всем сказал «пока», бодренько пошел домой, почистил зубы, надел пижаму и лег спать. А утром был уже холодный. Похороны ему закатили роскошные.

— И из-за этого ты остался сидеть со мной всю ночь?

— Вообще-то я собирался уйти часа в четыре. Но уснул. Утром проснулся и опять хотел уйти. Но не ушел.

— Почему?

— Ну, я подумал: надо же тебе рассказать, как дело было.

— С ума сойти, какое благородство!

Я вобрал голову в плечи, чтобы меня не забрызгало желчью, которой она старательно напитала эти слова. А потом стал смотреть на облака.

— Я вчера... что-нибудь говорила?

— Немножко.

— О чем?

— Да о разном... Я не помню. Ничего серьезного.

Она закрыла глаза и прочистила горло.

— А открытка?

— В сумке.

— Ты ее читал?

— Вот еще!

— Точно не читал?

— Да зачем мне ее читать?

Я произнес это с раздражением: что-то в ее словах меня задевало. Хотя, с другой стороны, что-то настраивало на мирный лад. Будило старые воспоминания. Познакомься мы в более естественной обстановке — наверное, смогли бы неплохо провести время. Так мне казалось. Но, сказать по совести, я уже и не помнил, как знакомятся с девушками в естественной обстановке.

— Сколько сейчас?

С некоторым облегчением я встал, взглянул на часы, лежавшие на столе, потом налил стакан воды и вернулся.

— Девять.

Она бессильно кивнула и осушила стакан.

— Я вчера много выпила?

— Прилично. Если я столько выпью, то умру.

— А я и умираю.

Она закурила, вздохнула, выпустив дым, — и вдруг кинула спичку в открытое окно.

— Одежду принеси.

— Какую?

Она закрыла глаза.

— Все равно. Только ничего не спрашивай, ради бога.

Я открыл шкаф, порылся в вещах, выбрал голубое платье без рукавов и подал ей. Она надела платье через голову на голое тело, сама застегнула молнию на спине и еще раз вздохнула.

— Мне пора.

— Куда?

— Да на работу...

Она сказала это, как сплюнула. Потом, пошатываясь, встала. Я все сидел на краю кровати и смотрел, как она умывается и причесывается.

Комната была прибрана, но лишь до известного предела, за которым наступает равнодушие, — здесь оно разливалось в воздухе и давило мне на нервы. Площадь в шесть татами[1] была вся заставлена стандартной дешевой мебелью. Оставшегося места хватило бы на один матрац — именно там она стояла и расчесывала волосы.

— А что за работа?

— Тебя не касается.

В общем-то, конечно...

Я молча докуривал сигарету. Стоя спиной ко мне, она смотрела в зеркало и растирала кончиками пальцев тени под глазами.

— Времени сколько? — снова спросила она.

— Десять минут.

— Уже опаздываю. Ты тоже одевайся и иди

---

1   Татами (соломенный мат) занимает около полутора квадратных метров и служит единицей измерения жилой площади.

домой. — Она сбрызнула одеколоном подмышки. — У тебя ведь есть дом?

— Есть, — буркнул я и натянул майку. Все еще сидя на кровати, глянул в окно. — Тебе куда ехать?

— В сторону порта. А что?

— Я тебя подброшу. Чтоб не опоздала.

Не выпуская щетки из руки, она уставилась на меня, чуть не плача. Если она поплачет, думал я, ей обязательно станет легче. Но она не заплакала.

— Слушай, что я тебе скажу, — сказала она. — Конечно, я перебрала и была пьяная. То есть, какая бы дрянь со мной ни приключилась, отвечаю я сама.

Она деловито похлопала ручкой щетки по ладони. Я ждал, что она скажет дальше.

— Так или не так?

— Ну, так...

— Но спать с девушкой, когда она лишилась сознания — низость!

— Так я же ничего не делал...

Она чуть помолчала, точно сдерживаясь.

— Хорошо, а почему я тогда была голая?

— Сама разделась.

— Не верю!

Она бросила щетку на кровать и принялась засовывать в сумочку кошелек, помаду, таблетки от головной боли и другие мелочи.

— Вот ты говоришь, что ничего не делал. А доказать сможешь?

— Может, ты сама как-нибудь проверишь?

— А как?!

Казалось, она не на шутку сердится.

— Я тебе клянусь.

— Не верю!

— Придется поверить, — сказал я. И мне сразу стало неприятно.

Прекратив надоевший разговор, она вытолкала меня наружу, вышла следом и заперла дверь.

По асфальтовой дороге вдоль реки мы молча дошли до пустыря, где стояла моя машина. Пока я протирал салфеткой лобовое стекло, она обошла вокруг и недоверчиво уставилась на коровью морду, размашисто намалеванную белой краской на капоте. В носу у коровы было большое кольцо, а в зубах она держала белую розу и вульгарно ухмылялась.

— Это ты нарисовал?

— Нет, это еще до меня.

— А почему вдруг корова?

— И в самом деле, — сказал я.

Она отступила на два шага и еще раз посмотрела на коровью морду. Потом сжала губы, будто досадуя на то, что вдруг разговорилась, и села в машину.

Внутри была жара. До самого порта она молчала, вытирала полотенцем пот и без конца курила. Она делала три затяжки, внимательно смотрела на фильтр, словно проверяя, отпечаталась ли помада, а потом засовывала сигарету в пепельницу и доставала новую.

— Слушай, я опять насчет вчерашнего. Что я там говорила-то? — неожиданно спросила она, уже собираясь выйти из машины.

— Да разное...

— Ну хоть что-нибудь вспомни.

— Про Кеннеди.

— Кеннеди?

— Про Джона Ф. Кеннеди.

Она покачала головой и вздохнула:

— Ничего не помню.

Вылезая, она молча засунула за зеркало заднего вида бумажку в тысячу иен.

10

Стояла страшная жара. В раскаленном воздухе можно было печь яйца.

Я открыл тяжеленную дверь «Джейз-бара», по обыкновению навалившись на нее спиной, и глотнул кондиционированного воздуха. Застоявшиеся запахи табачного дыма, виски, чипсов, подмышек и канализации аккуратно накладывались друг на друга, как слои немецкого рулета.

Как обычно, я сел у дальнего конца стойки, прислонился к стене и оглядел публику. Три французских моряка в непривычной глазу форме, с ними две женщины, молодая парочка — и все. Крысы не было.

Я заказал пиво, а к нему сэндвич с мясом и кукурузой. Потом достал книгу, чтобы скоротать время до прихода Крысы.

Минут через десять вошла женщина лет тридцати в безобразно ярком платье. Ее налитые груди напоминали два грейпфрута. Она села через табурет от меня, точно так же оглядела помещение и заказала себе «гимлет»[1]. Отпив глоток, встала и до одурения долго говорила по телефону. Затем перекинула через плечо сумочку и отправилась в уборную. За сорок минут это повторя-

[1] «Гимлет» («Буравчик») — коктейль на основе джина или водки с соком лайма.

лось три раза. Глоток «гимлета», долгий телефонный разговор, сумочка, уборная.

Передо мной возник Джей.

— Задницу не протер еще? — кисло спросил он. Хоть и китаец, а по-японски он говорил гораздо лучше моего.

Третий раз вернувшись из уборной, женщина огляделась, скользнула на соседний табурет и тихо спросила:

— Простите, у вас мелочи не найдется?

Я кивнул, выгреб из кармана мелочь и высыпал на стойку. Тринадцать десятииеновых монет.

— Спасибо. Очень помогли. А то я бармену уже надоела — разменяй, да разменяй...

— Это вам спасибо, мне теперь тяжестей не таскать.

Она благодарно улыбнулась, проворно сгребла мелочь и убежала звонить.

Я захлопнул книгу. Попросил Джея поставить на стойку переносной телевизор и под пиво стал смотреть прямую трансляцию бейсбольного матча. Матч был серьезный. В одном только четвертом сете у двух питчеров отбили шесть подач, причем два хита принесли по очку. Один из полевых игроков, не выдержав позора, повалился на траву. Пока питчеров меняли, запустили рекламу. Шесть роликов подряд — про пиво, страхование, витамины, авиакомпанию, картофельные чипсы и гигиенические салфетки.

Отшитый дамами французский моряк остановился у меня за спиной со стаканом пива в руке и спросил по-французски, что я смотрю.

— Бейсбол, — ответил я по-английски.

— Бейсбол?

В двух словах я объяснил ему правила. Вот этот мужик кидает мячик, этот лупит по нему палкой; пробежал круг — заработал очко. Моряк минут пять пялился в телевизор, а когда началась реклама, спросил, почему в музыкальном автомате нет пластинок Джонни Холлидея.

— Непопулярен, — ответил я.

— А кто из французских певцов популярен?

— Адамо.

— Это бельгиец.

— Тогда Мишель Польнарефф.

— *Merde.*

Моряк отошел к своему столику.

Начался пятый сет, и женщина вернулась.

— Спасибо. Давай я тебя чем-нибудь угощу.

— Да зачем, не надо...

— Пока долг не верну, не успокоюсь — такой характер.

Приветливой улыбки у меня не вышло — я просто кивнул. Она поманила Джея: «Ему пиво, мне гимлет». Джей ответил тремя выразительными кивками и исчез за стойкой.

— Что, не приходит?

— Да как-то вот...

— Это женщина?

— Мужчина.

— Вот и ко мне не приходит. Похоже, да?

Я обреченно кивнул.

— Слушай, а на сколько я выгляжу?

— На двадцать восемь.

— Врешь.

— На двадцать шесть.

Она засмеялась.

— Да мне и не важно. А как по-твоему, я замужем или нет?

— А что мне будет, если угадаю?

— Там посмотрим.

— Замужем.

— Ну-у-у... Наполовину угадал. В прошлом месяце развелась. Ты когда-нибудь с разведенной встречался?

— Нет. Но зато я встречался с коровой, которая болела невралгией.

— Где?

— В университетской лаборатории. Мы ее впятером в аудиторию затолкали.

Она расхохоталась.

— Ты студент?

— Ага.

— Я тоже когда-то была. В шестидесятые. Хорошее было время...

— А где?

Не ответив, она хихикнула, глотнула гимлета и, точно вспомнив о чем-то, взглянула на часы.

— Опять звонить надо. — Она взяла сумочку и встала.

Мой вопрос повис в воздухе. Выпив половину пива, я подозвал Джея и расплатился.

— Убежать решил? — спросил он.

— Ну.

— Старше себя баб не любишь?

— Возраст тут ни при чем. Да, если Крыса появится, передай привет.

Когда я выходил из бара, женщина закончила телефонный разговор и в четвертый раз шла в уборную.

Всю дорогу домой я насвистывал где-то слышанную мелодию. Название никак не хотело вспоминаться. Совсем старая вещь. Машина стояла на берегу, и, глядя на ночное море, я все же попытался вспомнить название.

То была «Песенка клуба Микки-Мауса». С такими словами:

> Вот какой веселый
> Есть у нас пароль:
> Эм-ай-си —
>   кэй-и-уай —
>   эм-оу-ю-эс-и!

Наверное, и вправду время было хорошее.

11

вкл

Привет! Всем добрый вечер! Как настроение? У меня настроение лучше некуда. Такое настроение, что половиной поделился бы с вами. Говорит радио «Эн-И-Би», программа «Попс по заявкам»! Сегодня суббота, и мы снова с вами до девяти вечера — целых два часа! Вы услышите массу самой разной музыки. Вы услышите грустные песни, ностальгические песни и веселые песни. Услышите песни, под которые хочется танцевать, песни, от которых хочется плеваться, и песни, от которых хочется блевать. Самые разные песни! Звоните нам. Наш номер вы знаете. Только не запутайтесь в цифрах. Не попадите не туда. Чтобы не вышла ерунда. Или еще какая-нибудь там беда. Эх, нескладно... Кстати: мы тут уже целый час принимаем ваши заявки. Десять телефонов — и ни минуты отдыха. Хотите послушать, как они трезвонят? .... Услышали? Ужас, правда? В общем, звоните нам, пока пальцы не отвалятся. Кстати, на той неделе вы так здорово звонили, что у нас тут повылетали все пробки. Но теперь все в порядке. Мы вчера проложили специальный кабель. Не кабель, а слоновья нога. А раньше был не кабель, а какая-то кочерга. Опять нескладно... Короче, спокойно звоните нам до умо-помрачения. Даже если у всех в студии помрачатся умы, пробки все равно не вылетят. Договорились? Сегодня на улице опять сущее пекло — так пусть его разгонит рок! Эта музыка для того и создана. Как и чудные наши девчонки. О'кей, первая песня! Просто послушайте ее молча, это отличная вещь. Забудем о жаре! Итак, Брук Бентон, «Дождливая ночь в Джорджии»!

ВЫКЛ

.............Уф-ф-ф-ф.................. Жарища!..................
Ужас!............

............А прохладнее уже никак?...............Нет, это ад какой-то...............Эй, кончай, я и без того потный......
....Во-во, так по кайфу.

............Слушай, я пить хочу! Кто-нибудь, принесите холодной колы. ......Что? В сортир сбегать не успею? Ты моего пузыря не знаешь! У меня всем пузырям пузырь!............

.......Спасибо, Ми-тян, ты чудо....... Холодненькая!...

.......А открывашку не принесла?............

............Дура! Мне ее зубами открывать, что ли? .... Ой, сейчас песня кончится, не успею! Кончай свои идиотские шутки!........ ОТКРЫ-ВАШКУ!!!

..........Черт!............

ВКЛ

Замечательная песня, не правда ли? Настоящая музыка! Брук Бентон, «Дождливая Джорджия». По-моему, стало даже чуть прохладнее. Кстати, как вы думаете, какая сегодня температура? Тридцать семь градусов! Тридцать семь... Многовато даже для лета. Просто печка. Обниматься с девчонкой и то прохладнее, чем сидеть одному в тридцати семи градусах. Вы можете в это поверить? О'кей, хватит болтать! Ставим следующую. «Криденс Клиэуотер Ривайвл» с песней «Кто остановит дождь?». Поехали, бэйби!

ВЫКЛ

.............Эй, уже не надо. Я ее подставкой от микрофона открыл.............

........О-о-о-о....... Кайф!..........

..........Не бойся. Не будет икоты. Не волнуйся........

........А как там бейсбол? .... Его, кстати, должны по другому каналу передавать........

..........Погоди, как это? В радиостудии нет ни одного приемника? В тюрьму сажать за такие дела!..............

............Понял. Все. Короче, следующим будет пиво. Только чтоб еще холоднее........

........Ой, кажется, подступает... Сейчас икота начнется.............

.............Ик!...............

12

В четверть восьмого раздался телефонный звонок.

В тот момент я сидел развалясь в плетеном кресле и трескал сырные крекеры, запивая их пивом.

— Эй, привет. Говорит радио «Эн-И-Би», передача «Попс по заявкам». Ты нас сейчас слушал?

Торопливым глотком я смыл крекеры, слипшиеся во рту.

— Радио?

— Да, радио. Порождение цивилизации...... ....Ик!.............Вершина технической мысли. Меньше холодильника, дешевле телевизора и точнее пылесоса. Ты сейчас чего делал?

— Книгу читал...

— Хи-хи-хи!... Нашел занятие... Надо радио слушать! Когда читаешь, остаешься совсем один. Согласен?

— Ага...

— Вот, скажем, ждешь, пока спагетти сварятся, — в это время можно почитать. Понял?

— Ага...

— Ну ладно........Ик!..........С этим закончили. Теперь скажи: ты когда-нибудь слышал диктора, который не может побороть икоту?

— Нет.

— Значит, слышишь впервые. Впрочем, как и все, кто сейчас находится у радиоприемников. Кстати, ты вообще понимаешь, почему я тебе звоню из прямого эфира?

— Нет.

— Тут такое дело... От одной девушки поступила заявка..........ик!......... исполнить для тебя песню. Знаешь, чья заявка?

— Нет.

— Песня называется «Девушки Калифорнии». Исполняют «Бич Бойз». Старая вещь. Ну, понял теперь?

Я немножко подумал и сказал, что не знаю.

— Хм-м-м... Трудно, да? Если угадаешь, пошлем тебе фирменную футболку. Вспоминай!

Я снова напрягся. На этот раз в дальних закоулках памяти удалось что-то подцепить.

— Ну?.. «Девушки Калифорнии», «Бич Бойз». Что тебе вспоминается?

— Лет пять назад я у своей одноклассницы брал такую пластинку.

— И что же это за одноклассница?

— Была учебная экскурсия, и она уронила контактную линзу. Я помог найти — и в благодарность она дала мне послушать пластинку.

— Так... Контактная линза... Да, а пластинку-то ты ей вернул?

— Нет, потерял...

— Ну-у-у, это не дело! Купи такую же и верни. Одно дело девчонкам чего-нибудь давать.... .....Ик!......... А другое дело брать! Понял?

— Да.

— Хорошо. Девушка, уронившая контактную линзу пять лет назад на учебной экскурсии! Конечно же, вы нас сейчас слушаете! Да, как ее зовут-то?

Я назвал имя.

— Так вот. Он говорит, что купит такую же пластинку и вам отдаст. Замечательно, не правда ли? Кстати, сколько тебе лет?

— Двадцать один.

— Прекрасный возраст! Студент?

— Да.

— ....Ик!.........

— Что?

— Я говорю: специальность какая?

— Биология.

— О-о-о... Любишь животных?

— Люблю.

— А за что?

— ....Ну, может, за то, что они не смеются...

— Вот те на!.. Животные не смеются?

— Собаки и лошади немножко смеются.

— Хо-хо... А когда?

— Когда им весело.

Впервые за много лет я почувствовал раздражение.

— Так значит.........ик!.................из собаки может комик получиться?

— Из вас точно может.

— Ха-ха-ха-ха-ха!..

13

«Девушки Калифорнии»

На Восточном Побережье
Стильных девушек полным-полно.
А на Юге есть такие — наповал тебя уложат!
У них походка, как в кино...

И ничем не хуже Средний Запад,
Где на фермах столько красоты,
А на Севере девчонки — целоваться мастерицы,
С ними не замерзнешь ты.

Но куда им всем до девушек Калифорнии!..

14

Футболка пришла через три дня по почте.
Вот такая:

15

На следующее утро я напялил обновку — она приятно покалывала тело — и пошел бродить по окрестностям порта. Мне встретился маленький магазин грампластинок, и я зашел. В магазине не было ни души — лишь девушка-продавщица сидела за стойкой и со скучающим видом проверяла чеки, отхлебывая из банки колу. Я поглядел на полки с пластинками и вдруг понял, что знаком с девушкой. Та самая, без мизинца — неделю назад она упала в умывалке у Джея.

— Привет! — сказал я. Опешив, она поглядела на меня, потом на футболку — и допила остатки колы.

— Как ты узнал, что я здесь работаю?

— Чистая случайность. Пластинку зашел купить.

— Какую?

— «Бич Бойз». С «Девушками Калифорнии».

Подозрительно взглянув на меня, она встала, сделала три шага к полке и, как хорошо выдрессированная собака, вернулась с пластинкой.

— Вот эта пойдет?

Я кивнул и, не вынимая рук из карманов, оглядел магазин.

— Еще Бетховена. Третий фортепианный концерт.

Она принесла две пластинки.

— В чьем исполнении, Глена Гульда или Бак-хауза?

— Глена Гульда.

Она положила пластинку на стойку, другую отнесла обратно.

— Что-нибудь еще?

— Майлза Дэвиса. Где есть «Девушка в ситце».

На этот раз она искала дольше — но тоже нашла.

— Что дальше?

— Пожалуй, все. Спасибо.

Она разложила на стойке три пластинки.

— И ты все это будешь слушать?

— Нет, это для подарков.

— Широкая у тебя натура.

— Казалось бы...

Она неловко повела плечами и назвала цену, 555 иен. Я заплатил и взял пакет с пластинками.

— Вот как получается... Благодаря тебе сегодня три пластинки до обеда продала.

— Замечательно.

Она вздохнула, села за стойку и взялась за следующую стопку чеков.

— Ты тут все время одна сидишь?

— Еще одна девушка есть. Сейчас на обеде.

— А ты?

— Она вернется и меня сменит.

Вытащив из кармана сигареты и закурив, я смотрел на ее работу.

— Слушай, может нам вместе пообедать?

Она оторвала взгляд от чеков и покачала головой:

— Я люблю обедать одна.

— И я люблю.

— И ты?

Она поморщилась, отодвинула чеки и поставила на проигрыватель последнюю пластинку «Харперз Бизарр».

— Чего это ты меня приглашаешь?

— Надо изредка нарушать традицию.

— Нарушай один. Хватит ко мне приставать.

Она придвинула к себе стопку чеков и снова взялась за работу.

Я кивнул.

— Кажется, я тебе уже говорила — ты негодяй, — сказала она. Потом поджала губы и с треском прошлась четырьмя пальцами по обрезу стопки.

16

Когда я вошел в «Джейз-бар», Крыса, облокотясь на стойку и нахмурясь, читал роман Генри
Джеймса с телефонную книгу толщиной.

— Интересно?

Крыса оторвался от книги и покачал головой.

— Не очень. Хотя я сейчас только и делаю,
что читаю. После того разговора. «Убогой правде я предпочту красивую ложь». Слышал такое?

— Нет.

— Роже Вадим. Французский кинорежиссер.
А вот еще: «Развитый интеллект состоит в ус-
пешном функционировании при одновременном
охвате противоположных понятий».

— А это чье?

— Не помню. А ведь похоже на правду?

— Не похоже.

— Почему?

— Ну, вот скажем, ты просыпаешься голодный в три часа ночи и лезешь в холодильник — а
там пусто. И что ты тогда будешь делать со своим развитым интеллектом?

Крыса немного подумал и расхохотался.
Я позвал Джея и заказал пива с жареной кар-
тошкой. Потом достал пакет с пластинкой и вру-
чил Крысе.

— Это что такое?

— Подарок ко дню рождения.

— Он у меня через месяц.

— Через месяц меня уже не будет.

Не выпуская из рук пакета, Крыса задумался.

— Да?.. Жалко, что тебя не будет. — Он открыл пакет и некоторое время смотрел на пластинку.

— Бетховен. Концерт для фортепиано с оркестром номер три. Глен Гульд, Леонард Бернстайн. Хм-м-м... Я этого не слышал. А ты?

— Я тоже.

— Ну спасибо... Вообще говоря, я очень рад.

17

Я искал ее три дня. Девчонку, которая дала мне пластинку «Бич Бойз».

Зайдя в дирекцию школы, я попросил список выпускников и нашел номер ее телефона. Но позвонить по нему не удалось — автомат ответил, что номер больше не действителен. Я позвонил в справочную — телефонистка пять минут искала ее имя, после чего сказала, что *такого имени* в ее книгах нет. «Такого имени» — это мне понравилось. Я поблагодарил и повесил трубку.

На следующий день я звонил бывшим одноклассникам и спрашивал, не знают ли они что-нибудь про нее. Никто ничего не знал, а большинство и вовсе не помнило о ее существовании. Последний из них сказал, что не желает со мной разговаривать, и повесил трубку. Даже не знаю, почему.

На третий день я еще раз сходил в школу и узнал, куда она поступила после выпуска. Захудалый женский вуз где-то на окраине, отделение английского языка. Я позвонил туда, представившись агентом по сбыту салатной приправы «Маккормик»: мол, девушка нужна мне для анкетного опроса, не могли бы вы сообщить ее адрес и телефон? Извините, конечно, но дело крайне важное. Поищем, — ответили мне, —

перезвоните минут через пятнадцать. Я выпил банку пива и перезвонил. Мне сообщили, что в марте этого года она подала на отчисление. По болезни. А что за болезнь? — Она уже поправилась? — Салат может кушать? — Совсем ушла, не в академку? — на все эти вопросы ответов я не получил.

— Меня и старый адрес устроит, — сказал я. — Может, вы поищете?

Старый адрес нашли — пансион недалеко от вуза. Я позвонил туда. Ответил, судя по голосу, комендант. Съехала весной, куда — не знаю, — буркнул он и бросил трубку. Точно хотел сказать: «И знать не желаю».

Так порвалась последняя ниточка от нее ко мне.

Я вернулся домой, открыл банку пива и стал слушать «Девушек Калифорнии».

18

Зазвонил телефон.

Я полудремал в плетеном кресле с раскрытой книгой. Только что прошел короткий ливень — деревья в саду вымокли. После дождя задул сырой, пахнущий морем южный ветер. Задрожали листья растений в горшках на веранде, а следом задрожали шторы.

— Алло, — прозвучал женский голос. Будто кто-то ставил хрупкий стакан на кособокий стол. — Помнишь меня?

Я изобразил легкое раздумье.

— Как пластинки? Продаются?

— Да не очень... Кризис... Пластинки никто не слушает.

— Ага.

Она побарабанила ногтями по трубке.

— Пока нашла твой телефон, чуть с ума не сошла.

— Да?..

— В «Джейз-баре» спросила. А бармен спросил у твоего друга. Высокий такой и странный немножко. Мольера читал.

— Понятно.

Молчание.

— Все спрашивали, куда ты делся. Неделю не приходишь, так они уже думают: может, заболел?

— Даже не знал, что меня так любят...

— Ты на меня сердишься?

— Почему?

— Я тебе гадостей наговорила. Хотела извиниться.

— Насчет меня не беспокойся. Но если тебя это так волнует, то не покормить ли нам в парке голубей?

Она вздохнула, и я услышал, как щелкнула зажигалка. На заднем плане пел Боб Дилан — «Нэшвилльский горизонт». Наверное, звонит из магазина.

— Да дело вообще не в тебе. Просто я не должна была так говорить, — торопливо сказала она.

— А ты к себе строга.

— Ну, стараюсь, по крайней мере.

Она помолчала.

— Сегодня мы можем встретиться?

— Давай.

— «Джейз-бар», восемь вечера.

— Хорошо.

— Я просто... попала в переплет.

— Понимаю.

— Спасибо.

Она повесила трубку.

19

Мне двадцать один год. Говорить об этом можно долго.

Еще молодой, но раньше был моложе. Если не нравится, можно дождаться воскресного утра и прыгнуть с крыши «Эмпайр-Стейт-Билдинг».

В одном старом кино про Великую Депрессию я слышал такую шутку:

«Когда я прохожу под Эмпайр-Стейт-Билдинг, всегда открываю зонтик. Люди сверху так и сыпятся».

Мне двадцать один, и помирать я пока не собираюсь. Спать же мне доводилось с тремя девчонками.

Первая училась со мной в одном классе. Нам было по семнадцать лет, и мы решили, что любим друг друга. Ближе к вечеру забирались поглубже в лес; она сбрасывала коричневые туфли, белые носки, светло-зеленое платье и странные трусы, явно не по размеру. Потом, чуть поколебавшись, — часы. И мы обнимались на воскресном номере «Асахи Симбун».

Через какую-то пару месяцев после окончания школы мы вдруг расстались. Причину забыл — такая была причина, что и не вспомнишь. С тех пор не встречался с ней ни разу. Иногда вспоминаю, когда не спится, — и все.

Вторая девчонка хипповала. Шестнадцатилетняя, без гроша в кармане, без крыши над головой и к тому же плоскогрудая — глаза при этом у нее были умными и красивыми. Я встретил ее у станции метро «Синдзюку», когда там бурлила мощная демонстрация, парализовавшая все движение вокруг.

— Будешь тут торчать, полиция заберет, — сказал я ей. Она сидела на корточках между стойками перекрытого турникета и читала спортивную газету, выуженную из мусорного ящика.

— Пусть забирают, — сказала она. — Там кормят.

— Ну ты даешь!

— Привыкла.

Я закурил и угостил сигаретой ее. От слезоточивого газа щипало в глазах.

— Ты ела сегодня?

— Утром...

— Слушай, я тебя накормлю. Пошли к выходу.

— Чего это ты будешь меня кормить?

— Ну... — Я не знал, что ответить, но выволок ее из турникета и повел по перекрытой улице в сторону Мэдзиро.

Эта до крайности неразговорчивая девица жила в моей квартире с неделю. Каждый день просыпалась к обеду, что-то ела, курила, листала книжки, пялилась в телевизор, а иногда без видимой охоты занималась со мной сексом. Все, что у нее было, — лишь белая холщовая сумка, а в ней плотная ветровка, две майки, джинсы, три пары грязных трусов и коробка тампонов.

— Ты откуда? — спросил я ее как-то раз.

— Да ты не знаешь, — только и ответила она.

В один прекрасный день я вернулся из магазина с мешком продуктов, а ее и след простыл.

И ее белой сумки тоже. И еще кое-чего. На столе лежала горстка мелочи, пачка сигарет и моя свежевыстиранная футболка. А еще записка, нацарапанная на клочке бумаги. Из одного слова: «противный». Боюсь, про меня.

С третьей своей подружкой, студенткой французского отделения, я познакомился в университетской библиотеке. На весенних каникулах следующего года она повесилась в чахлой рощице у теннисного корта. Труп обнаружили лишь к началу следующего семестра, а до того он целых две недели болтался на ветру. Теперь, когда темнеет, к рощице никто не подходит.

20

Она сидела в неловкой позе за стойкой «Джейз-бара» и болтала соломинкой в стакане джинд-жер-эля, гоняя по дну остатки льда.

— Уже думала, не придешь, — облегченно вздохнула она, когда я сел рядом.

— Я ведь обещал. Просто дела задержали.

— Какие дела?

— Обувь. Я чистил обувь.

— Вот эту, что ли? — Она подозрительно покосилась на мои кеды.

— Да нет, отцовскую обувь! У нас в семье традиция. Дети непременно должны чистить отцу ботинки.

— Почему?

— Ну... Ботинки — это ведь некий символ. Представь: отец, как приговоренный, каждый вечер в восемь возвращается домой. Я чищу ему ботинки и со спокойной совестью иду пить пиво.

— Хорошая традиция...

— Да?

— Ну конечно! Отца ведь надо уважать.

— Я очень уважаю. За то, что у него только две ноги.

Она прыснула.

— У тебя замечательная семья.

— Да уж... Если забыть про деньги, то такая замечательная, что хоть плачь.

Она все возила соломинкой по дну стакана.

— Ну, моя-то семья была еще беднее.

— Откуда ты знаешь, кто беднее?

— По запаху. Богатый чует богатого, а бедный — бедного.

Джей принес бутылку пива, и я налил себе.

— Где твои родители живут?

— Не хочу говорить.

— Почему?

— Приличные люди не любят рассказывать другим, что у них дома творится.

— А ты — приличный человек?

Она думала секунд пятнадцать.

— Хотелось бы стать. Если серьезно. А кому не хотелось бы?

— Нет, ты все-таки расскажи.

— Зачем?

— Во-первых, ты все равно должна об этом кому-нибудь рассказать, а во-вторых, я не проболтаюсь.

Она улыбнулась, закурила и три раза выпустила дым, молча разглядывая древесные волокна на стойке.

— Отец умер пять лет назад от опухоли в мозгу. Целых два года мучился, просто ужас. Мы на него все деньги истратили, начисто. Вдобавок вымотались до того, что семья развалилась. Хотя это обычное дело.

Я кивнул.

— А мать?

— Живет где-то. На Новый год открытки присылает.

— Не любишь ты ее, похоже?

— Похоже...

— А братья, сестры?

— Одна сестра. Мы близнецы.

— И где она?

— За тридцать тысяч световых лет отсюда.

Она нервно засмеялась и положила свой стакан на бок.

— И чего это я про семью гадости говорю? Даже тоскливо становится.

— Да ничего особенного. У каждого есть что-нибудь такое.

— И у тебя есть?

— И у меня. Бывает, обниму любимую игрушку — и плачу...

— А какая у тебя любимая игрушка?

— Крем для бритья.

Тут она засмеялась уже веселее. Как не смеялась, наверное, уже несколько лет.

— Слушай, — сказал я, — что ты пьешь какой-то лимонад? У тебя сухой закон?

— Хм, вообще-то я сегодня не собиралась... Ну ладно, уговорил.

— Так что ты будешь?

— Белое вино, только похолоднее.

Я подозвал Джея и заказал еще пива и белого вина.

— Скажи, а как себя чувствуешь, когда есть близнец?

— Странное ощущение. Одинаковое лицо, одинаковый коэффициент интеллекта, одинаковый размер лифчика... Надоедает.

— Вас часто путали?

— Часто. До восьми лет. Потом у меня стало девять пальцев, и нас больше никто не путал.

Сосредоточенно и аккуратно, как пианистка перед концертом, она положила рядышком обе руки. Я взял левую, поднес к свету и внимательно рассмотрел. Маленькая рука, прохладная, как стакан с коктейлем. Четыре пальца на ней смотрелись красиво и совершенно естественно — будто их и было четыре с самого рождения. Такая естественность казалась чудом. По крайней мере, шесть пальцев выглядели бы куда менее убедительно.

— В восемь лет я сунула мизинец в мотор пылесоса. Оторвало тут же.

— А где он теперь?

— Кто?

— Мизинец.

— Не помню. — Она засмеялась. — Такого вопроса мне еще не задавали, ты первый.

— А беспокоит, когда мизинца нет?

— Если перчатки надеваю — беспокоит.

— И всё?

Она покачала головой:

— Нельзя сказать, что совсем не беспокоит. Но не больше, чем других — толстая шея или волосы на ногах.

Я кивнул.

— А ты чем занимаешься? — спросила она.

— В университете учусь. В Токио.

— На каникулы приехал?

— Ага.

— И что изучаешь?

— Биологию. Животных люблю.

— Я тоже люблю.

Допив пиво, я взял горсть картофельных чипсов.

— А вот знаешь... В Бхагалпуре был знаменитый леопард — за три года он съел триста пятьдесят индусов.

— Неужели?

— Далее: английский полковник Джим Корбетт по прозвищу «Гроза леопардов» за восемь лет застрелил, считая этого, сто двадцать пять леопардов и тигров. А ты все равно будешь любить животных?

Она потушила сигарету, отпила вина и восхищенно посмотрела на меня:

— Нет, ты оригинал!

21

Пару недель спустя после смерти моей третьей подруги я читал «Ведьму» Жюля Мишле[1]. Великолепная книга. Там был такой пассаж:

«Верховный судья Реми Лоренский отправил на костер восемьсот ведьм и очень гордился своей политикой устрашения. Один раз он сказал: Я славен своей справедливостью настолько, что шестнадцать схваченных на днях пленниц удавились сами, не дожидаясь палача.»

«Я славен своей справедливостью»... Просто потрясающе!

[1] Жюль Мишле (1798—1874) — французский историк, автор многотомной «Истории Франции». В книге «Ведьма» (1862) выступил защитником женщин, преследовавшихся церковью за колдовство.

22

Зазвонил телефон.

Я не мог оторваться от важного занятия: протирал специальным лосьоном лицо, докрасна обожженное солнцем в бассейне. Лишь на десятом звонке смахнул с лица ватные разводы в решеточку, поднялся со стула и взял трубку.

— Здравствуй, это я.

— Привет.

— Ты что сейчас делал?

— Ничего.

Все лицо горело; я вытер его висевшим на шее полотенцем.

— Спасибо за вчерашний вечер. Давно так не отдыхала.

— Это хорошо.

— М-м-м... Ты мясо любишь?

— Люблю.

— Я тут столько натушила, что мне и за неделю не съесть. Поможешь?

— Чего б не помочь.

— Тогда через час приходи. Если опоздаешь, выкину все в помойное ведро. Понял?

— Ага.

— Просто я ждать не люблю.

Она бросила трубку, не дав мне даже раскрыть рта.

Я повалился на диван и минут десять глядел в

потолок, слушая по радио хит-парад. Потом залез под душ и чисто выбрился. Надел рубашку и бермуды только что из химчистки. Вечер стоял замечательный. Я проехал вдоль морского берега, любуясь закатом, а перед самым выездом на шоссе купил две бутылки охлажденного вина и пачку сигарет.

Пока она освобождала стол и расставляла на нем посуду, я откупорил бутылку ножом для фруктов. Всю комнату заволокло горячим паром тушеного мяса.

— Даже не думала, что будет так жарко. Просто ад какой-то...

— В аду жарче.

— Ты что, там был?

— Люди рассказывают. Когда там становится жарко до того, что крыша едет, тебя переводят в место попрохладнее. Чуть отойдешь — и опять в пекло.

— Как в сауне.

— Именно. Но есть и такие, которых обратно не посылают, потому что они уже чокнулись.

— И что с ними делают?

— Отправляют в рай. Стены белить. В раю ведь как — стены должны быть идеально белые. Чуть какое пятнышко, уже непорядок. Это ведь рай! Вот они и белят их с утра до вечера, портят себе бронхи.

Больше она вопросов не задавала. Я выудил кусочки пробки, плававшие в бутылке, и разлил вино по стаканам.

— Холодное вино — горячее сердце, — сказала она вместо тоста.

— Это откуда?

— Из рекламы. Холодное вино — горячее сердце. Не видел?

— Нет.

— Телевизор не смотришь?

— Редко. Раньше часто смотрел. Больше всего нравилось кино про Лэсси. Пока самая первая собака играла.

— Ну да, ты ведь животных любишь.

— Ага.

— Если б у меня время было, я бы с утра до вечера смотрела. Все подряд. Вот, скажем, вчера показывали диспут между биологом и химиком. Не видел?

— Нет.

Она отпила вина и покачала головой, как бы вспоминая.

— Там было про Пастера. Он обладал силой научной интуиции.

— Силой Научной Интуиции?

— Ну, короче... Обычно ученые рассуждают так: А равно В, а В равно С — значит, А равно С. Что и требовалось доказать. Правильно?

Я кивнул.

— А Пастер был не такой. У него в голове только и было, что А равно С. Без всяких доказательств. Его правоту доказала история. Он за свою жизнь сделал несчетное множество ценнейших открытий.

— Ну да, прививки от оспы...

Она поставила стакан на стол и посмотрела на меня с негодованием.

— Прививки от оспы — это Дженнер! Как ты в университет-то поступил?

— А, вспомнил: антитела! И низкотемпературная стерилизация.

— Правильно.

Она торжествующе рассмеялась, не показывая зубов. Допила вино и налила себе еще.

— В диспуте эту способность называли научной интуицией. У тебя такая есть?

— Практически нет.

— А если б была?

— Ну, наверное, пригодилась бы для чего-нибудь. Например, когда с девчонкой спишь, может понадобиться.

Она засмеялась и ушла на кухню. Вернулась с кастрюлей тушеного мяса, миской салата и нарезанной булкой. Из широко раскрытого окна повеяло, наконец, прохладой.

Мы принялись не спеша ужинать под пластинку. Она задавала вопросы — в основном про университет и жизнь в Токио. Разговор выходил не самый содержательный. Про эксперименты на кошках («Мы их не убиваем, ты что! Это психологические опыты!» — врал я, за два месяца умертвивший тридцать шесть кошек и котят), про демонстрации и забастовки... Был показан зуб, сломанный полицейским.

— А отомстить ему ты не хочешь? — спросила она.

— Вот еще...

— Почему? Я бы на твоем месте его отыскала и все зубы повыбивала молотком.

— Во-первых, я — это я. Во-вторых, дело давнее. А в-третьих, у них там все рожи одинаковые — как я его найду?

— Выходит, и смысла нет?

— Какого смысла?

— Что тебе зуб выбили?

— Выходит, что нет.

Она разочарованно замычала и отправила в рот кусок мяса.

После кофе мы вместе вымыли на тесной кухне

посуду, вернулись к столу и закурили под «Modern Jazz Quartet».

На ней были просторные шорты и рубашка из тонкой ткани, сквозь которую отчетливо проглядывали соски. Вдобавок наши ноги несколько раз сталкивались под столом — и я все больше краснел.

— Как ужин? Понравился?

— Очень.

Она слегка прикусила нижнюю губу.

— Почему ты сам ничего не говоришь, пока тебя не спросят?

— Да как-то... Привычка... Вечно забываю сказать самое важное.

— Можно дать тебе совет?

— Давай.

— Избавляться надо от такой привычки. Она может тебе дорого стоить.

— Да, наверное. Но это как машина со свалки: что-нибудь одно выправишь, сразу другое в глаза бросается.

Она рассмеялась и поставила другую пластинку — теперь запел Марвин Гэй. Стрелки часов подходили к восьми.

— А ботинки что — сегодня можно не чистить?

— Перед сном почищу. Вместе с зубами.

За разговором она поставила на стол худенькие локти, поудобнее положила на руки подбородок и уставилась на меня. Это нервировало. Чтобы отвести глаза, я закуривал, несколько раз с напускным интересом устремлял взгляд в окно — но, наверное, становился от этого только смешнее.

— Вот теперь можно и поверить, — сказала она.

— Во что?

— В то, что ты тогда ничего со мной не делал.

— Почему ты так думаешь?

— Рассказать?

— Не надо.

— Так и знала. — Она усмехнулась, налила мне вина и вдруг посмотрела в темноту за окном, будто что-то вспомнив. — Я иногда вот о чем думаю: хорошо бы жить, никому не мешая! Как по-твоему, это возможно?

— Даже не знаю...

— Ну вот скажи: я тебе не мешаю?

— Абсолютно.

— Я имею в виду — сейчас.

— Ну да, сейчас.

Она робко протянула руку через стол, взяла мою и, подержав некоторое время, отпустила.

— Завтра уезжаю.

— Куда?

— Еще не решила. Хочу куда-нибудь, где тихо и прохладно. На недельку.

Я кивнул.

— Как вернусь, позвоню.

Ведя машину домой, я вдруг вспомнил свое первое свидание. Семь лет назад. От начала свидания и до его конца я как будто задавал ей один и тот же вопрос: «Тебе не скучно?».

Мы смотрели кино с Элвисом Пресли в главной роли. Там была песня с такими словами:

> Мы были в ссоре,
> И я послал письмо.
> Просил прощенья,
> Но не дошло оно.

Пришло обратно,
Пришло назад.
Неточен адрес,
Неверен адресат...

Время течет слишком быстро.

23

Третья девчонка, с которой я спал, называла мой пенис *«raison d'etre»*. «Смысл жизни».

Когда-то я хотел написать небольшое эссе про человеческие *raisons d'etre*. Написать не написал, но пока обдумывал, завел себе замечательную привычку — все на свете переводить в численный эквивалент. Эта привычка не отпускала меня месяцев восемь. Когда я ехал в электричке, пересчитывал пассажиров. Когда шел по лестнице — считал ступеньки. А когда совсем нечем было заняться, измерял себе пульс. Согласно записям, за это время — а именно, с пятнадцатого августа 1969 года по третье апреля следующего — я посетил 358 лекций, совершил 54 половых акта и выкурил 6921 сигарету.

Я всерьез полагал тогда, что подобные численные эквиваленты о чем-то могут поведать людям. А коль скоро существует это «что-то», о чем они поведают, то, со всей очевидностью, существую и я! Оказалось однако, что в действительности людям нет никакого дела до числа сигарет, которые я выкурил, или количества ступенек, на которые я поднялся. Им нет дела даже до размеров моего пениса. Так я потерял из виду свои *raisons d'etre* и остался совсем один.

Узнав о ее смерти, я выкурил 6922-ю сигарету.

24

В тот вечер Крыса не выпил ни капли пива. Тревожный знак. Вместо пива он заглотнул в один присест пять порций виски со льдом.

Мы убивали время за пинболом, который примостился в полутемном дальнем углу. За известное количество мелочи эта хреновина предоставляет известное количество убитого времени. Крыса, однако, ко всему относился серьезно. Так что две мои победы в шести играх были едва ли не чудом.

— Эй, чего с тобой случилось-то?

— Ничего, — отвечал Крыса.

Вернувшись к стойке, мы выпили — я пива, он виски. Затем принялись слушать одну за другой пластинки из музыкального автомата, все подряд — молча, не обмениваясь ни словом. «Everyday People», «Woodstock», «Spirit in the Sky», «Hey There, Lonely Girl»...

— У меня к тебе просьба, — сказал Крыса.

— Какая?

— Да встретиться кое с кем надо...

— С женщиной?

Чуть помявшись, он кивнул.

— А я при чем?

— Кого же мне еще просить? — пробормотал Крыса и отхлебнул от шестой порции. — Костюм и галстук у тебя есть?

— Есть. Только...

— Тогда завтра в два. Слушай, а бабы — они вообще что едят?

— Подметки от ботинок.

— Да ну тебя...

25

Любимым блюдом Крысы были свежеиспечен-
ные оладьи. Он накладывал их сразу по нескольку в глубокую тарелку, разрезал ножом на четыре части и выливал сверху бутылку кока-колы.

Когда я впервые попал к Крысе домой, он
как раз поглощал это неаппетитное блюдо за столом, выставленным на воздух, под ласковые лучи
майского солнца.

— Такая жратва хороша тем, — объяснил он
мне, — что объединяет свойства еды и питья.

В обширном, густом саду собирались птицы
всевозможных видов и расцветок. Они усердно
клевали попкорн, в изобилии рассыпанный на
лужайке.

26

Хочу рассказать о своей третьей подружке.

Рассказывать про людей, которых больше нет, всегда трудно. А про женщин, умерших в юности, — еще труднее. Они ведь навсегда остались молодыми...

А мы, оставшиеся жить, стареем. Каждый год, каждый месяц и каждый день. Мне иногда кажется, что я старею каждый час. И, что самое страшное, — так оно и есть.

Она была далеко не красавица. Хотя что значит — «не красавица»? Правильнее будет сказать так: «Она не была красавицей в подобающей ей мере».

У меня есть только одна ее фотография. На обороте подписано: «август 1963 г.». Год, когда продырявили голову президенту Кеннеди. Морская дамба в каком-то дачном месте — она сидит и натянуто улыбается. Волосы подстрижены коротко, под Джин Себерг[1] (хотя, признаться, мне эта прическа больше напоминала Освенцим), длинное платье в красную клетку... На фотографии она неуклюжа — и красива. Той красотой, что пробивает душу насквозь.

---

1   Джин Себерг (1938—1979) — американская киноактриса.

Приоткрытые губы. Слегка вздернутый нос. Небрежная челка — явно сама подрезала. Чуть припухшие щеки, и на одной — едва заметный прыщик...

На фотографии ей четырнадцать. Самое красивое мгновение ее жизни, уместившейся в двадцать один год. Можно только гадать, куда потом все ушло. По какой причине, с какой целью... Я не знаю. И никто не знает.

«Я поступила в университет, чтобы получить небесное откровение», — сказала она как-то раз на полном серьезе. Дело было в четвертом часу утра, мы лежали голые в постели. Я поинтересовался, что это за штука — небесное откровение.

«Разве такое можно объяснить?» — сказала она. И чуть позже добавила: «Оно спускается с неба, как крылья ангелов».

Я попытался вообразить крылья ангелов, спускающиеся с неба прямо в университетский двор. Издалека они напоминали бумажные салфетки.

Почему она умерла, не ясно никому. Мне сдается даже, что она и сама этого толком не понимала.

27

Мне снился неприятный сон.

Я был большой черной птицей и летел над джунглями к западу. На мои крылья налипли черные сгустки крови из глубокой раны. Западный склон неба затягивали черные тучи. Пахло мелким дождем.

Снов я давно не видел. Даже не сразу понял, что это сон.

Вскочив с кровати и смыв под душем липкий пот, я позавтракал тостами и яблочным соком. От табака и пива в горле першило, словно туда напихали старой ваты. Поставив посуду в мойку, я достал из гардероба легкий костюм болотного цвета, выглаженную рубашку и черный галстук, отнес все это в гостиную и уселся перед кондиционером.

В теленовостях торжественно обещали самый жаркий день за все лето. Я выключил телевизор, сходил в комнату к брату, выбрал несколько книг из огромной горы и завалился с ними на диван.

Два года назад мой старший брат без объявления причин уехал в Америку, оставив кучу книг и одну подругу. Я с ней иногда обедал. Она говорила, что мы с братом очень похожи.

— В чем? — удивлялся я.

— Во всем, — отвечала она.

Может, так оно и есть. Думаю, все дело в ботинках, которые мы по очереди чистили десять с лишним лет.

Часы показали двенадцать. С отвращением думая о жаре, я завязал галстук и надел пиджак.

Времени была уйма, а заняться нечем. Я не спеша проехался по городу на машине. Мой неказистый город тянулся от моря к горам. Речка, теннисный корт, поле для гольфа, вереница просторных особняков, стена, еще раз стена, несколько аккуратных ресторанчиков и лавочек, старая библиотека, заросшее ослинником поле и парк с обезьяньими клетками. Город не менялся.

Я покружил по извилистой загородной дороге и спустился по речному берегу к морю. Недалеко от устья вылез из машины, чтобы размяться. На теннисном корте перекидывались мячиком две загорелые девушки в белых кепках и темных очках. Солнце, перевалив зенит, припекло еще нещаднее — а они все махали ракетками, и капли пота с них разлетались по всему корту.

Поглядев на них минут пять, я вернулся в машину, откинулся в кресле и закрыл глаза. Лениво слушал шум волн и стук ракеток. Прилетел слабый южный ветерок, принес запах моря и горячего асфальта. Я вспомнил далекое лето. Тепло девичьей кожи, старый рок-н-ролл, рубашка только что из стирки, сигаретный дым в раздевалке бассейна, неясные предчувствия... Сладкий сон — казалось, он будет повторяться вечно. Но как-то раз лето наступило (в каком же году?) — а сон взял и не вернулся.

Ровно в два я остановился перед «Джейз-баром». Крыса сидел на дорожном ограждении и читал Казандзакиса — «Последнее искушение Христа».

— А где подруга? — спросил я.

Крыса молча захлопнул книгу, влез в машину и надел темные очки.

— Не будет подруги.

— Как не будет?

— А вот так.

Я вздохнул, развязал галстук, кинул его вместе с пиджаком на заднее сидение и закурил.

— И что, мы поедем куда-нибудь?

— В зоопарк.

— Ну, хорошо...

28

Расскажу теперь о своем городе. О городе, где я родился, вырос и первый раз спал с девчонкой.

Спереди — море, сзади — горы, сбоку — огромный порт. Городишко крохотный. Когда, возвращаясь из порта, выруливаешь на шоссе, даже закуривать нет смысла. Не успеешь чиркнуть спичкой, как уже приехал.

Население — семьдесят тысяч с небольшим. Цифра пятилетней давности, но с того времени едва ли поменялась. Средняя семья живет в двухэтажном доме с садом, имеет автомобиль, иногда два.

Цифры эти выдумал не я — их оглашает статистический отдел мэрии в конце финансового года. Особенно мне нравится насчет двухэтажных домов.

Крыса жил в трехэтажном доме с оранжереей на крыше. В подземном гараже его «TR-3»[1] дружески соседствовал с отцовским «мерседесом».

Что удивительно, единственным душевным местом в доме был гараж. Огромный — он мог бы служить ангаром для небольшого самолета. Заставленный телевизорами и холодильниками, столами и диванами, сервантами и стереосисте-

[1]   «Triumph TR-3» — марка английского спортивного автомобиля.

мами — устаревшими или просто надоевшими. Мы выпили там немало пива.

Про отца Крысы я почти ничего не знаю. И не видел его ни разу. Когда я спрашивал Крысу об отце, он со всей определенностью отвечал: «Гораздо старше меня, и при этом мужик».

По слухам, отец Крысы когда-то давно, еще до войны, был небогат. Перед самой войной он ухитрился завладеть химико-фармацевтическим заводом и занялся продажей мази от насекомых. Никто толком не знал, насколько она эффективна, но линия фронта катилась на юг, и мазь начала продаваться столь же стремительно.

По окончании войны он убрал мазь в кладовые и стал продавать подозрительные питательные препараты, а после войны в Корее переключился на бытовые моющие средства. Причем поговаривали, что ингредиенты везде оставались одинаковыми. Очень может быть.

Двадцать пять лет назад трупы японских солдат, густо покрытые мазью от насекомых, лежали штабелями по джунглям Новой Гвинеи. А сегодня в каждом сортире — средство для прочистки труб, все той же торговой марки.

Вот так отец Крысы и разбогател.

Конечно, среди моих приятелей был и парень из бедной семьи. Отец у него водил городской автобус. Бывают, наверное, и богатые водители автобусов — но отец моего приятеля относился к бедным. Я часто приходил к приятелю в гости — родителей дома никогда не было. Отец крутил свою баранку или сидел на ипподроме, а мать целыми днями где-то подрабатывала.

Парень учился со мной в одном классе, но повод подружиться выпал не сразу.

Как-то на перемене я справлял малую нужду, и он пристроился рядом. Завершив дело молча и одновременно, мы вместе мыли руки.

— А у меня кое-что есть! — сказал он, вытирая руки о штаны. — Хочешь посмотреть?

Вынул фотокарточку из бумажника, протянул мне. Голая женщина, раскорячившись, втыкала в себя пивную бутылку.

— Классно, да?

— Класснее некуда!

— Приходи ко мне домой. У меня есть такие, что вообще закачаешься.

Так мы с ним и подружились.

В нашем городе живут разные люди. За восемнадцать лет я научился здесь многим вещам. Город пустил в моем сердце такие крепкие корни, что почти все воспоминания связаны с ним. Но в ту весну, когда я поступил в университет и покинул свой город, в моей душе было облегчение.

Теперь, приезжая на летние и весенние каникулы, я только и делаю, что пью пиво.

29

Целую неделю Крыса ходил как в воду опущенный. То ли из-за скорой осени, то ли из-за девчонки... Слова из него было не вытрясти.

Когда Крыса подолгу не появлялся, я приставал к Джею:

— Слушай, а что такое с Крысой стряслось, как думаешь?

— Да я и сам толком не пойму... Может, просто лето кончается?

С приближением осени Крыса всегда впадал в депрессию. Он сидел за стойкой, тупо уткнувшись в книгу, а когда я пытался с ним заговаривать, отвечал односложно и без настроения. Когда на сумеречной улице свежел ветер и еле заметно начинало пахнуть осенью, он ни с того ни с сего забывал о пиве, принимался хлестать виски со льдом, без конца кидал деньги в музыкальный автомат, терзал пинбол, покуда машина не отказывалась с ним играть, — и заставлял Джея нервничать.

— У него, наверное, такое чувство, будто его бросают, — сказал Джей. — Я его понимаю.

— Как это?

— Ну, все разъезжаются — кто работать, кто обратно в университет... Ты ведь тоже?

— Да, я тоже.

— Ну вот, видишь...

Я кивнул.

— А девчонка эта?

— Чуть времени пройдет, и забудется. Помяни мое слово.

— Что же там у них произошло?

— Кто ж их знает...

Джей принялся за прерванную работу. Я больше ничего не спрашивал. Кинул мелочи в музыкальный автомат, выбрал несколько песен и вернулся за стойку к своему пиву.

Минут через десять передо мной опять возник Джей.

— Слушай, а Крыса с тобой ни о чем не говорил?

— Нет.

— Странно.

— Почему?

Джей задумался, протирая стакан.

— Ему обязательно надо с тобой посоветоваться.

— Ну, так что же он?

— Это непросто. Боится, что ты его на смех поднимешь.

— Да не буду я его на смех поднимать!

— По тебе этого не видно. Причем уже давно. Ты хороший парень, но — как бы это сказать — некоторые вещи почему-то считаешь суетой, недостойной внимания. Хотя я не хочу сказать ничего плохого.

— Это понятно.

— Все-таки я на двадцать лет тебя старше, и много чего в жизни повидал. Поэтому отношусь к вам, как...

— Как бабушка?

— Да.

Я чуть не подавился пивом от смеха.

— Ладно, попробую с ним сам поговорить.

— Давай, это будет правильно.

Джей потушил сигарету и вернулся к работе. Я решил вымыть руки. Из зеркала в умывалке на меня смотрело мое отражение. Вернувшись, я выпил еще одну бутылку, чтобы отделаться от неприятного чувства.

30

Было время, когда все хотели выглядеть крутыми.

Незадолго до окончания школы я решил выпускать наружу не больше половины своих сокровенных мыслей. Зачем я так решил, уже не помню, — но строго выполнял это несколько лет. А потом вдруг обнаружил, что добрую половину мыслей вообще не могу выразить словами.

Как это связано с крутизной, мне не совсем понятно. По-английски это называется *cool*, «хладнокровный» — в этом смысле меня можно сравнить со старым холодильником, который не размораживали целый год.

Я барахтаюсь в болоте времени и продолжаю писать эти строки, подстегивая засыпающее сознание пивом и табаком. По нескольку раз принимаю горячий душ, дважды в день бреюсь и без конца слушаю старые пластинки. Вот и сейчас у меня за спиной поют давно забытые Питер, Пол и Мэри:

«*Dont think twice, it's all right*».[1]

---

1   Не задумывайся, все в порядке (*англ.*) Строка из одноименной песни Боба Дилана.

31

На следующий день я договорился с Крысой встретиться в бассейне одного из отелей на окраине города. Лето шло к концу, к тому же добираться туда было неудобно, поэтому народу в бассейне собралось немного, человек десять. Половину составляли американцы, остановившиеся в отеле, — вместо того, чтобы плавать, они самозабвенно загорали.

Отель выстроили в стиле аристократического особняка. По его роскошному зеленому двору тянулись розовые кусты, отделявшие бассейн от основного здания. Они взбегали на невысокий холм, с которого хорошо было видно море, а также бухта и город.

Мы с Крысой несколько раз сплавали наперегонки в 25-метровом бассейне, потом уселись рядом в шезлонгах и открыли холодную колу. Отдышавшись, я затянулся сигаретой. Крыса умиротворенно глядел, как в бассейне плавает молодая американочка.

По безоблачному небу пронеслись несколько реактивных самолетов, оставив белые, будто замороженные следы.

— Такое впечатление, — сказал Крыса, глядя вверх, — что, когда мы были маленькие, самолетов летало больше. Причем, в основном — американские, двухфюзеляжные, с пропеллерами.

— «Р-38»?

— Нет, транспортные. Огромные, куда там «Р-38»... Одно время летали очень низко, можно было всю военную маркировку разглядеть. Еще помню «DC-6», «DC-7», а один раз видел «Сэйбер»!

— Ну, это давно...

— Да, при Эйзенхауэре. Тогда еще к нам в гавань крейсер зашел. В городе куда ни плюнешь — в моряка попадешь. И патрули. Ты видел патрули?

— Ага.

— Теперь все куда-то пропало... Хотя это я не к тому, что мне военные нравятся.

Я кивнул.

— Но «Сэйбер» был классный самолет! Пока не начал напалм сбрасывать. Ты когда-нибудь видел, как сбрасывают напалм?

— Видел, в фильмах про войну.

— Чего только люди не напридумывают! Хотя это они выдумали здорово. Кто знает, может лет десять пройдет — и по напалму будет ностальгия.

Я рассмеялся и достал вторую сигарету.

— Любишь самолеты, да?

— Когда-то хотел летчиком стать. Потом глаза испортил и раздумал.

— Понятно...

— Небо люблю. Сколько угодно могу на него смотреть — не надоедает. А когда не хочу, просто не смотрю.

Крыса замолчал минут на пять, а потом вдруг заговорил:

— Иногда становится невмоготу. Осознавать, что ты богатый, и все такое... Бывает, хочется убежать. Понимаешь?

— Как это — «убежать»? — удивился я. — Хотя... Если тебе и вправду так хочется — возьми да убеги.

— Наверное, это было бы лучше всего. Уехать в какой-нибудь незнакомый город, начать все с нуля... Разве плохо?

— Что, и университет бросишь?

— Да я его уже бросил. Возвращаться никакой охоты нет.

Глаза Крысы за темными стеклами продолжали следить за плывущей девушкой.

— А почему бросил?

— Ну... Надоело потому что. Хоть сначала и старался. Так сильно, что самому теперь не верится. До всех мне было дело — не меньше, чем до себя. Даже полицейские меня из-за этого били. Но приходит время, когда каждый возвращается на свое место. Только мне некуда вернуться. Знаешь, есть такая игра — все вокруг стульев бегают, потом садятся — а одному стула не хватает.

— И что ты теперь собираешься делать?

Крыса задумчиво вытер ноги полотенцем.

— Думаю повесть написать. Ты как на это смотришь?

— Ну, возьми да напиши.

Крыса кивнул.

— А какую повесть?

— Хорошую. По моим стандартам. Я ведь себя талантом не считаю... Но, по крайней мере, смысл писательства я вижу в том, чтобы самому чему-то научиться. Правильно?

— Правильно.

— Писать надо для себя... Или, скажем, для цикад.

— Для цикад?

— Ага.

Крыса потеребил висевшую на голой груди полудолларовую монету с портретом президента Кеннеди.

— Несколько лет назад я с одной девчонкой ездил в Нару[1]. Была ужасная жара, и мы с ней часа три шли между холмов. Навстречу никого, только птицы взлетали с криками. И певчие цикады трещали под ногами, когда мы шли по меже. Больше ни души. Просто было очень жарко.

Мы устали и присели на пологом склоне, где трава была помягче. Понежились на ветерке и вытерли пот. Под склоном пролегал глубокий ров, а за ним — лесистый древний курган, как выступающий из воды остров. Императорская могила. Ты ее видел когда-нибудь?

Я кивнул.

— И тогда я подумал: для чего же сделана такая громадина? Конечно, в любой могиле есть смысл. Все когда-нибудь умрут — и это как напоминание. Но здесь было как-то чересчур. Огромные размеры иногда меняют суть вещей до неузнаваемости. Фактически, это вообще не было похоже на могилу. Это была гора. Во рву плавали лягушки и ряска, а ограду затянуло паутиной.

Я молча глядел на курган и вслушивался в ветер со стороны рва. И то, что я тогда почувствовал, не описать никакими словами. Даже нет, я не почувствовал — меня будто завернули во что-то. Целиком и полностью. Словно цикады, лягушки, пауки, ветер — буквально все — превратилось в единое целое и течет через Космос!

1   Нара — город в районе Кансай, древняя столица Японии.

Крыса допил выдохшуюся колу.

— И вот, когда я собираюсь что-то написать, я всегда вспоминаю этот летний день и этот поросший лесом курган. И думаю: здорово было бы написать что-нибудь для цикад, пауков и лягушек, для зеленой травы и ветра...

Крыса умолк, заложил руки за голову и уставился в небо.

— Ну... И ты пробовал уже что-нибудь написать?

— Нет. Ни единой строчки.

— Ни единой?

— *Вы — соль земли...*

— Что?

— *Если же соль потеряет силу, то чем сделаешь ее соленой?*[1]

Так Сказал Крыса.

К вечеру небо заволокло тучами. Перейдя из бассейна в маленький гостиничный бар, мы пили там холодное пиво под итальянские песни в обработке Мантовани. В широком окне светились портовые огни.

— Так что там у тебя с подругой-то? — спросил я, решившись.

Тыльной стороной руки Крыса вытер с губ пивную пену и в раздумье уставился в потолок.

— Вообще говоря, я не собирался тебе про это рассказывать. Так все по-дурацки...

— Но ведь ты хотел со мной поговорить?

— Хотел. Но вечерок подумал — и расхотел. В мире есть вещи, которых нам все равно не изменить.

— Например?

---

[1] Евангелие от Матфея, 5:13.

— Например, зубная боль. В один прекрасный день у тебя вдруг начинают болеть зубы — и не проходят, как бы кто ни утешал. И тогда ты злишься на самого себя. А потом начинаешь дико злиться на других за то, что они сами на себя не злятся. Понимаешь?

— Отчасти, — сказал я. — Но если хорошо подумать, условия у всех одинаковые. Мы все — попутчики в неисправном самолете. Конечно, есть везучие, а есть невезучие. Есть сильные, а есть немощные. Есть богатые, а есть бедные. Но все равно ни у кого нет такой силы, чтобы из ряда вон. Все одинаковы. Те, у которых что-то есть, боятся это потерять — а те, у кого ничего нет, переживают, что так и не появится. Все равны. И тому, кто успел это подметить, стоит попробовать и стать хоть чуточку сильнее. Хотя бы просто прикинуться, понимаешь? На самом-то деле сильных людей нигде нет — есть только те, которые делают вид.

— Можно вопрос?

Я кивнул.

— Ты на самом деле в это веришь?

— Да.

На какое-то время Крыса замолчал, уставясь в стакан с пивом. Потом сказал очень серьезно:

— И не будешь говорить, что пошутил?..

Я отвез Крысу домой и на обратном пути заскочил в «Джейз-бар».

— Поговорили?

— Поговорили.

— Ну и слава богу, — сказал Джей и поставил передо мной блюдце жареной картошки.

32

Дерек Хартфильд, несмотря на огромное количество своих произведений, крайне редко говорил о жизни, мечте или любви прямым текстом. В своей полуавтобиографической, относительно серьезной книге «Полтора витка вокруг радуги» (1937) — серьезной в смысле отсутствия инопланетян или монстров — Хартфильд сбивает читателя с толку иронией и цинизмом, шуткой и парадоксом, чтобы потом в нескольких скупых словах выразить сокровенное.

«На самой святой из всех святых книг в моей комнате — на телефонном справочнике — я клянусь говорить только правду. Жизнь — пуста. Но известное спасение, конечно, есть. Нельзя сказать, что жизнь пуста изначально. Для того, чтобы сделать ее напрочь пустой, требуются колоссальные усилия, изнурительная борьба. Здесь не место излагать, как именно протекает эта борьба, какими именно способами мы обращаем нашу жизнь в ничто — это выйдет слишком долго. Если кому-то непременно нужно это узнать, пусть прочтет Ромена Роллана — Жан Кристоф. Там все есть.»

Почему «Жан Кристоф» так привлекал Хартфильда, понять несложно. Этот неимоверно длинный роман описывает жизнь человека от рождения до смерти, в строгой хронологической последовательности. Хартфильд придерживался убеждения, что роман должен быть носителем информации — таким же, как графики или диаграммы. И достоверность этой информации прямо пропорциональна ее объему.

«Войну и мир» Толстого он обычно критиковал. Не за объем, конечно, а за недостаточно выраженную Идею Космоса. Из-за этого изъяна впечатление от романа оставалось у Хартфильда дробным и искаженным. Выражение «Идея Космоса» в его устах звучало обычно как «бесплодие».

Любимой книгой он называл «Фландрийского пса»[1]. «Как вы думаете, — спрашивал он, — могла бы собака отдать жизнь за картину?»

В одном интервью репортер спросил Хартфильда:

— Герой вашей книги Уорд погибает два раза на Марсе и один раз на Венере. Разве здесь нет противоречия?

На что Хартфильд ответил:

— А вы разве знаете, как течет время в космическом пространстве?

— Нет, — сказал репортер. — Но таких вещей не знает никто!

— Так какой же смысл писать о том, что знают все?

У Хартфильда есть рассказ «Марсианские колодцы» — вещь для него необычная, во многом пред-

---

1 «Фландрийский пес» (1871) — сентиментальная детская повесть английской писательницы Уиды (1839—1908).

восхитившая появление Рэя Брэдбери. Читал я ее очень давно и в деталях не помню. Но сюжет примерно такой.

По поверхности Марса разбросано неимоверное множество бездонных колодцев. Известно, что колодцы марсиане выкопали много десятков тысяч лет назад. Но самое интересное — что они аккуратнейшим образом обходят подземные реки. Зачем марсиане их строили, никому не ясно. Собственно говоря, никаких других памятников, кроме колодцев, от марсиан не осталось. Ни письменности, ни жилищ, ни посуды, ни железа, ни могил, ни ракет, ни городов, ни торговых автоматов. Даже ракушек не осталось. Одни колодцы. Земные ученые не могут решить, называть ли это цивилизацией — а между тем колодцы сработаны на совесть, ни один кирпич за десятки тысяч лет не выпал.

Конечно, в колодцы спускались искатели приключений и исследователи. Но колодцы были так глубоки, а боковые туннели так длинны, что веревки никогда не хватало и приходилось выбираться обратно. А из тех, кто спускался без веревки, не вернулся никто.

И вот однажды в колодец спустился молодой парень, космический бродяга. Он устал от величия космоса и хотел незаметно погибнуть. Пока он спускался, колодец казался ему все уютнее, а тело мягко наполнялось необъяснимой силой. На километровой глубине он нашел подходящий туннель и углубился в него. Бесцельно, но настойчиво все шел он и шел по мягко изгибавшемуся коридору. Его часы остановились, ощущение времени пропало. Может, прошло два часа, а может — двое суток. Он не чувствовал ни голода, ни усталости, а непонятная сила по-прежнему переполняла его.

Вдруг он увидел солнечный свет. Туннель связывал два колодца — поднявшись, он снова очутился наверху. Присел на край, оглядел бескрайнюю пустыню и солнце, нависшее над нею. Что-то было не так. В запахе ветра, в солнце... Оно стояло высоко, но выглядело заходящим — огромный оранжевый ком.

— Через двести пятьдесят тысяч лет солнце погаснет! — прошептал ему ветер. — Щелк! — и выключилось. Двести пятьдесят тысяч лет — совсем немного. Не обращай на меня внимания, я просто ветер. Если хочешь, зови меня «марсианин». Звучит неплохо. Хотя для меня слова не имеют смысла...

— Но ведь ты говоришь?

— Я? Это ты говоришь! Я только подсказываю тебе.

— А что случилось с солнцем?

— Оно состарилось. Скоро умрет. Мы здесь бессильны — что ты, что я.

— Почему так быстро?

— Вовсе нет. Пока ты шел через колодец, прошло полтора миллиарда лет. Время летит как стрела — у вас ведь так говорят? Колодец, в который ты спустился, прорыт вдоль искривленного времени. Мы можем путешествовать по нему. От зарождения Вселенной — и до ее конца. Поэтому для нас нет ни рождения, ни смерти. Только Ветер.

— Ответь мне на один вопрос.

— С удовольствием.

— Чему ты учился?

Ветер захохотал, и весь воздух мелко затрясся. А потом поверхность Марса вновь окутала вечная тишина. Парень достал из кармана пистолет, приложил дуло к виску и нажал на спусковой крючок.

33

Зазвонил телефон.

— Я вернулась, — сказала она.

— Давай встретимся.

— Сегодня можешь?

— Конечно.

— В пять часов у входа в YWCA[1].

— Что ты там делаешь?

— Беру уроки французского.

— Уроки французского?

— *Oui.*[2]

Положив трубку, я принял душ и выпил пива. Не успел допить, как водопадом обрушился проливной дождь.

Когда я добрался до места, ливень прекратился — но выходившие из дверей здания девушки подозрительно глядели на небо, то раскрывая зонтики, то закрывая их обратно. Я остановил машину напротив входа, заглушил мотор и закурил. По обоим бокам от дверей стояли почерневшие от дождя столбы — как могильные плиты в пустыне. Рядом с грязноватым, мрачным зданием YWCA недавно построили еще одно, что-

1   YWCA (Young Women's Christian Association) — Христианок Ассоциация молодых женщин, международная благотворительная организация.
2   Да (фр.)

бы сдавать помещения разным фирмам. На крыше висел огромный щит с рекламой холодильника. Малокровная, лет тридцати, женщина в переднике, весело наклонясь, открывала его дверцу — так, что я мог видеть содержимое.

В морозильнике был лед, литровая упаковка ванильного мороженого и коробка креветок. Секцией ниже хранились яйца, масло, сыр «камамбер» и ветчина. В третьей секции лежала рыба и куриные окорочка, а в самом нижнем отделении — помидоры, огурцы, спаржа и грейпфруты. В дверных полках — три большие бутылки кока-колы и пива. И еще пакет молока.

Я облокотился на руль и размышлял, в каком порядке я бы все это слопал. По любому выходило, что мороженое в меня бы уже не влезло. А отсутствие приправ было и вовсе смерти подобно.

Она появилась в начале шестого — в розовой рубашке с короткими рукавами и белой мини-юбке. Волосы собраны сзади в пучок. За неделю ей будто прибавилось года три — может, из-за прически, а может, из-за очков, которых раньше не было.

— Что за ливень! — сказала она, усаживаясь в машину и нервно оправляя юбку.

— Промокла?

— Немножко.

Я достал с заднего сидения пляжное полотенце, забытое там после бассейна, и подал ей. Она вытерла им лицо, волосы — и вернула мне.

— Я тут недалеко кофе пила, когда полило. Просто наводнение какое-то!

— Зато чуть прохладнее стало.

— Да уж...

Она высунула руку в окно. Между нами что-то было не так. Что-то разладилось с последней встречи.

— Как съездила? — спросил я.

— Да никуда я не ездила. Я тебе наврала.

— Зачем?

— Потом расскажу.

34

Иногда случается, что я вру.

Последний раз это было в прошлом году.

Врать я очень не люблю. Ложь и молчание — два тяжких греха, которые особенно буйно разрослись в современном человеческом обществе. Мы действительно много лжем — или молчим.

Но с другой стороны, если бы мы круглый год говорили — причем, только правду и ничего кроме правды, — то как знать, может, правда и потеряла бы всю свою ценность...

Осенью прошлого года мы с моей подругой забрались в постель, а потом ужасно проголодались.

— Еда какая-нибудь есть? — спросил я.

— Сейчас поищу, — ответила она.

Встав голой с постели, она открыла холодильник, нашла там старую булку, смастерила сэндвичи с колбасой и листьями салата, приготовила кофе и принесла все это мне. Дело было в октябре, ночи стояли прохладные. Она забралась в постель окоченевшая, как банка консервированного лосося.

— Жаль, горчицы нет...

— Первый класс!

Завернувшись в одеяло и уплетая сэндвичи, мы смотрели по телевизору старый фильм —

«Мост через реку Квай»[1].

В самом конце, когда мост взорвали, она застонала.

— Зачем же они его строили, старались? — И она ткнула пальцем в остолбеневшего Алека Гиннесса.

— Это был для них вопрос чести.

— Хм. — С набитым ртом она на некоторое время задумалась о человеческой чести. Так было всегда — что там творилось у нее в голове, я даже вообразить не мог.

— Слушай, а ты меня любишь?

— Конечно.

— И жениться хочешь?

— Что, прямо сейчас?

— Когда-нибудь... Попозже.

— Хочу, конечно.

— Ты мне такого не говорил, пока я сама не спросила.

— Ну, забыл сказать...

— А детей ты сколько хочешь?

— Троих.

— Мальчиков или девочек?

— Двух девочек и мальчика.

Она проглотила кофе с остатками сэндвича и внимательно всмотрелась в мое лицо.

— **Врун!**

Так она сказала.

Хотя это было и не совсем верно. Покривил душой я только в одном.

---

1 Американо-британский кинофильм 1957 года (реж. Дэвид Лин). Действие фильма разворачивается во Вторую мировую войну. Английский полковник, попавший в японский плен, соглашается руководить постройкой моста для вражеских войск с целью продемонстрировать интеллектуальное превосходство Запада. Уже построенный мост взрывает группа диверсантов.

35

Зайдя в маленький ресторан недалеко от порта и слегка перекусив, мы заказали «блади мэри» и бурбон.

— Хочешь узнать правду? — спросила она.

— А вот в прошлом году я анатомировал корову, — сказал я.

— И что?

— Вскрыл ей живот. В желудке оказался ком травы. Я сложил эту траву в полиэтиленовый пакет, принес домой и вывалил на стол. И потом, всякий раз, когда случалась неприятность, смотрел на этот травяной ком и думал: «И зачем это, интересно, корова снова и снова пережевывает вот эту жалкую, противную массу?»

Она усмехнулась, поджала губы и посмотрела на меня.

— Поняла. Ничего не буду говорить.

Я кивнул.

— Только одну вещь хочу спросить. Можно?

— Давай.

— Почему люди умирают?

— Потому что идет эволюция. У отдельных особей слишком мало энергии, поэтому она осуществляется через смену поколений. Хотя это не более чем одна из теорий.

— Она что — и сейчас идет, эта эволюция?

— Понемножку.

— А почему она идет?

— Тут тоже много разных мнений. С определенностью можно утверждать лишь одно: эволюционирует сам Космос. Есть ли у него какая-то цель, направляет ли его чья-то воля — вопросы отдельные. Космос эволюционирует, а мы — всего лишь часть этого процесса.

Я отставил виски, закурил и добавил:

— А откуда для этого берется энергия, никто не знает.

— Никто?

— Никто.

Она разглядывала белую скатерть, гоняя кончиком пальца лед в стакане.

— А вот я умру, пройдет сто лет — и никто про меня не вспомнит.

— Скорее всего, — сказал я.

Выйдя из ресторана, мы окунулись в удивительно ясные сумерки и побрели вдоль тихих портовых складов. Она шла рядом, я чувствовал запах ее волос. Ветер, перебиравший листья ив, мягко напоминал, что лета осталось немного. Пройдя немного, она взяла меня за руку — той рукой, на которой было пять пальцев.

— Когда тебе обратно в Токио?

— На следующей неделе. Экзамен...

Молчание.

— Зимой я приеду снова. На Рождество. У меня день рождения 24 декабря.

Она кивнула, будто думая о чем-то своем. Потом спросила:

— Ты Козерог?

— Да. А ты?

— Я тоже. 10 января.

— Знак почему-то не самый благоприятный. Иисус Христос тоже Козерог.

— Ага...

Она перехватила мою руку поудобнее.

— Наверное, я буду без тебя скучать.

— Но ведь мы еще встретимся...

Она не отвечала.

Склады тянулись один другого ветшее; между кирпичей прилепился скользкий темно-зеленый мох. На высоких темных окнах — массивные решетки, на ржавых дверях — таблички торговых фирм. Вдруг сильно запахло морем, и склады кончились. Ивовая аллея кончилась тоже — казалось, деревья выпали, как больные зубы. Мы перешли заросшие травой железнодорожные пути, уселись на каменных ступенях заброшенного мола и стали смотреть на море.

Перед нами огнями доков горела верфь. Отходило неказистое греческое судно — разгруженное, с поднявшейся ватерлинией. Белую краску на борту изъел красной ржавчиной морской ветер, а бока обросли ракушками, как струпьями.

Довольно долго мы смотрели на море, небо и корабли, не говоря ни слова. Вечерний ветер с моря ерошил траву, а сумерки медленно превращались в бледную ночь. Над доками замигали звезды.

После долгого молчания она сжала левую руку в кулак и несколько раз нервно ударила ею по ладони правой. Подавленно уставилась на покрасневшую ладонь.

— Всех ненавижу, — сказала она вдруг.

— И меня?

— Извини. — Смутившись, она вернула ладонь на колено. — Ты не такой.

— Не настолько, да?

Со слабым подобием улыбки она кивнула и дрожащими руками поднесла огонь к сигарете. Дым хотел окутать ее волосы, но его унес ветер и развеял в темноте.

— Когда я сижу одна, то слышу, как люди со мной заговаривают. Одних я знаю, других нет... Отец, мать, школьные учителя — разные люди.

Я кивнул.

— И говорят всякую гадость. Хотим, чтобы ты умерла, — и так далее. Или вообще грязь какую-нибудь...

— Какую?

— Не хочу говорить.

Сделав две затяжки, она погасила сигарету кожаной сандалией и прижала веки пальцами.

— Как ты думаешь, я больна?

— Даже не знаю, — покачал я в растерянности головой. — Если это беспокоит, то лучше врачу показаться.

— Да ладно. Не обращай внимания.

Она закурила вторую сигарету. Потом попыталась рассмеяться, но смех вышел неважный.

— Я тебе первому про это рассказала.

Я взял ее за руку. Рука мелко дрожала. На ней выступил холодный пот.

— А врать очень не хотелось, на самом деле...

— Я понимаю.

Снова замолчав, мы тихо сидели под звук мелких волн, набегавших на мол. Прошло невообразимо долгое время.

Увидев, что она плачет, я провел пальцем по ее мокрой от слез щеке и обнял за плечи.

Я давно забыл, как пахнет лето. Раньше все было другим: запах морской воды и далекие теплоходные гудки, прикосновение девичьей кожи и лимонный аромат волос, дуновение сумеречного ветра и робкие надежды. Теперь лето превратилось в сон.

Словно калька съехала с оригинала: здесь миллиметр, там миллиметр — и уже все не так.

36

До ее дома мы добирались полчаса.

Вечер стоял прекрасный. Поплакав, она вдруг повеселела. По пути к ее дому мы заходили во все магазины подряд и покупали всякую дребедень. Купили земляничную зубную пасту, цветастое пляжное полотенце, несколько датских мозаичных панно, шестицветный набор шариковых ручек. По дороге в гору иногда останавливались и оглядывались на порт.

— А машину ты так и бросил?

— Потом заберу.

— А завтра утром не поздно?

— Да без разницы!

Мы уже подходила к ее дому.

— Не хочу сегодня оставаться одна, — сказала она, обращаясь к булыжникам мостовой.

Я кивнул.

— Но ты ведь тогда ботинки почистить не сможешь?

— Ничего, пусть сам иногда чистит.

— Интересно, почистит или нет?

— А как же? Он у меня человек долга!

Ночь была тихая.

Медленно повернувшись, она уткнулась носом мне в плечо.

— Холодно.

— Как это «холодно»? Тридцать градусов.

— Не знаю. Холодно, и все.

Я подобрал сброшенное к ногам одеяло и укутал ее по плечи. Ее всю било мелкой дрожью.

— Плохо себя чувствуешь?

Она мотнула головой:

— Мне страшно.

— Страшно чего?

— Всего. А тебе не страшно?

— Абсолютно.

Она помолчала — будто взвешивая мой ответ на ладони.

— Хочешь секса?

— Угу.

— Извини. Сегодня нельзя.

Я молча кивнул.

— Мне только что операцию сделали.

— Аборт?

— Да.

Рука, которой она обнимала меня за спину, ослабла. Палец начертил несколько кружочков у меня на плече.

— Странно... Ничего не помню.

— Да?..

— Это я про того парня. Совершенно забыла. Даже лица не вспомнить.

Я погладил ее по волосам.

— А казалось, что влюбилась. Правда, недолго. Ты когда-нибудь влюблялся?

— Ага.

— И лицо помнишь?

Я попытался вспомнить лица трех своих подружек. Удивительное дело — отчетливо не вспоминалось ни одно.

— Нет, — сказал я.

— Странно, правда? Интересно, почему?

— Наверное, так удобнее.

Она кивнула, не отнимая головы от моей груди.

— Слушай, если тебе очень хочется, может, мы это как-нибудь по-другому?..

— Не надо. Ничего страшного.

— Правда?

— Угу.

Она снова прижалась ко мне. Грудью к животу. Страшно захотелось пива.

— Как несколько лет назад все пошло наперекосяк — так и до сих пор.

— «Несколько» — это сколько?

— Двенадцать. Или тринадцать. С тех пор, как отец заболел. Из того времени больше ничего и не помню. Сплошная гадость. Все время у меня злой ветер над головой.

— Ветер меняет направление.

— Ты правда так думаешь?

— Ну, он же должен его когда-нибудь менять...

Она ненадолго замолчала — точно пустыня вобрала в свой сухой песок все мои слова и оставила меня с одной горечью во рту.

— Я тоже так пыталась думать. Но не выходит. И влюбиться пробовала, и просто стать терпеливее. Не получается — и все тут...

Больше мы ни о чем не говорили. Ее голова лежала у меня на груди. Она долго не шевелилась — будто уснула.

Она молчала долго. Очень долго. Я то дремал, то смотрел в темный потолок.

— Мама...

Она сказала это шепотом, словно ей что-то приснилось. Она спала.

37

Привет, как дела? Говорит радио «Эн-И-Би», программа «Попс по заявкам». Снова пришел субботний вечер. Два часа — и уйма отличной музыки. Кстати, лето вот-вот кончится. Как оно вам? Хорошо вы его провели?

Сегодня, перед тем, как поставить первую пластинку, я познакомлю вас с одним письмом, которое мы недавно получили. Зачитываю.

«Здравствуйте.

Я каждую неделю с удовольствием слушаю вашу передачу. Мне даже не верится, что осенью исполнится три года моей больничной жизни. Время и вправду летит быстро. Конечно, из окна моей палаты с кондиционером мне мало что видно, и смена времен года для меня не имеет особого значения — но когда уходит один сезон и приходит другой, мое сердце радостно бьется.

Мне семнадцать лет, а я не могу ни читать, ни смотреть телевизор, ни гулять — не могу даже перевернуться в своей кровати. Так я провела три года. Письмо это пишет за меня моя старшая сестра, которая все время рядом. Чтобы ухаживать за мной, она бросила университет. Конечно, я очень ей благодарна. За три года, проведенных в постели, я поняла одну вещь: даже в самом жалком состоянии можно чему-то научиться. Именно поэтому стоит жить дальше — хотя бы понемножку.

Моя болезнь — это болезнь спинного мозга. Ужасно тяжелая. Правда, есть вероятность выздоровления. Три процента... Такова статистика выздоровлений при подобных болезнях — мне сказал это мой доктор, замечательный человек. По его словам, мне легче выздороветь, чем новенькому питчеру обыграть «Гигантов»[1] с разгромным счетом, но немножко труднее, чем просто выиграть.

Временами, когда я думаю, что никогда не выздоровлю, мне становится очень страшно. Так страшно, что хочется звать на помощь. Пролежать всю жизнь камнем в кровати, глядя в потолок — без чтения, без прогулок на воздухе, без любви, — пролежать так десятки лет, состариться здесь и тихо умереть — это невыносимо. Иногда я просыпаюсь среди ночи и будто слышу, как тает мой позвоночник. А может, он и в самом деле тает?

Но хватит о грустном. Как мне по сотне раз в день советует сестра, я буду стараться думать только о хорошем. А ночью постараюсь спать как следует. Потому что плохие мысли обычно лезут мне в голову ночью.

Из окна больницы виден порт. Я представляю, что каждое утро встаю с кровати, иду к порту и всей грудью вдыхаю запах моря... Если бы я смогла это сделать — хотя бы раз, мне хватило бы одного раза, — то я, может быть, поняла бы, почему мир так устроен. Мне так кажется. А если

[1]   «Giants» («Кёдзин») — одна из сильнейших бейсбольных команд Японии.

бы я хоть чуть-чуть это поняла, то, возможно, смогла бы терпеть свою неподвижность хоть до самой смерти.

До свидания. Всего доброго.»

Без подписи.

Я получил это письмо вчера в четвертом часу. Прочитал его в нашем буфете, пока пил кофе. А вечером, после работы, пошел в порт и посмотрел оттуда в сторону гор. Раз из твоей больницы виден порт, значит, и из порта должна быть видна твоя больница, правильно? И в самом деле, я увидел множество огоньков. Конечно, было непонятно, какой из них горит в твоей палате. Одни огоньки горели в небогатых домах, другие — в роскошных особняках. Светились также огоньки в гостиницах, в школах, в конторах... Я подумал: как много самых разных людей! Такое чувство посетило меня впервые. И когда я об этом подумал, у меня вдруг выкатилась слеза. А ведь я очень давно не плакал. Не то чтобы я плакал из сочувствия к тебе, нет. Я хочу сказать кое-что другое. И скажу это только один раз, так что слушай хорошенько.

Я Вас Всех Люблю!

Если через десять лет ты еще будешь помнить эту передачу, пластинки, которые я ставил, и меня самого — то вспомни слова, которые я только что сказал.

Исполним заявку этой девушки. Элвис Пресли, «Удачи тебе, моя прелесть». А после того, как закончится песня, я снова на один час и пятьдесят минут стану собакоподобным комиком.

Спасибо за внимание.

38

Перед отъездом в Токио я зашел в «Джейз-бар» — прямо с чемоданом. Бар еще не работал, но Джей впустил меня и налил пива.

— Сегодня уезжаю вечерним автобусом.

Джей, чистивший картошку, покивал головой.

— Скучно будет без тебя. И обезьян разогнать придется, — сказал он, ткнув пальцем в гравюру над стойкой. — А Крыса точно будет скучать.

— Ага.

— В Токио, наверное, весело?

— Да везде одинаково.

— Пожалуй... Я из нашего города последний раз уезжал в год Токийской олимпиады[1].

— Любишь город?

— Ты ж сам сказал: везде одинаково.

— Точно.

— Хотя подумываю через несколько лет в Китай съездить. А то ведь ни разу не был. Корабли в порту увижу — и сразу такие мысли в голове.

— У меня дядя в Китае умер.

— Да?.. Там много народу полегло. А все равно все братья.

---

1   1964 г.

Джей угостил меня еще пивом. Даже поджарил картошки и дал мне ее с собой в пакетике.

— Спасибо.

— На здоровье. Такое настроение... Все растут быстро — оглянуться не успеваешь. Когда я с тобой познакомился, ты еще в школе учился.

Рассмеявшись, я кивнул и попрощался.

— Будь здоров, — сказал Джей.

«26 августа», — утверждал календарь на стене бара. Под датой размещался афоризм: «Отдающий без сожаления всегда получает».

Купив билет, я сел на скамейку и долго, пока не подошел автобус, смотрел на огни города. Подступала ночь, огни начали гаснуть. В конце концов, остались только уличные фонари и неоновая реклама. Морской ветер принес еле слышный гудок теплохода.

По обеим сторонам от автобусной двери стояли два кондуктора. Поглядев в мой билет, один сказал: «Место двадцать один, чайна».

— Чайна?

— Ну да, 21-С. По первой букве. «Эй» — Америка, «Би» — Бразилия, «Си» — Чайна[1], «Ди» — Дания. Чтобы вот он не напутал.

Кондуктор показал на своего напарника, сверявшегося с таблицей посадочных мест. Кивнув, я забрался в автобус, сел на место 21-С и принялся за еще теплую жареную картошку.

Множество вещей проносится мимо нас — их никому не ухватить.

Так и живем.

---

1   China *(англ.)* — Китай.

39

На этом кончается моя история, но есть, конечно, и эпилог.

Мне исполнилось двадцать девять, а Крысе тридцать. Совсем немного. «Джейз-бар» перестроили, когда расширяли улицу, — он превратился в необыкновенно аккуратное заведение. Тем не менее, Джей по-прежнему каждый день чистит целое ведро картошки, а завсегдатаи все так же потягивают пиво, ворча о том, насколько лучше было в старые времена.

Я женился и живу в Токио.

Когда на экраны выходит новый фильм Сэма Пекинпа[1], мы с женой идем в кинотеатр, а на обратном пути заходим в парк Хибия, выпиваем по две банки пива и кормим голубей попкорном. Из фильмов Сэма Пекинпа мне больше всего нравится «Принеси голову Альфредо Гарсиа», а моя жена предпочитает «Конвой». Из других фильмов я люблю «Пепел и алмаз»[2] — а жена любит «Сестру Джоанну». Когда долго живешь вместе, даже вкусы становятся похожи.

Счастлив ли я? Если вы спросите меня, мне ничего не останется, как ответить: да, наверное.

---

1   Сэм Пекинпа (1925—1984) — американский кинорежиссер.
2   Фильм Анджея Вайды, 1958 г.

В конце концов, мечта — она ведь так и выглядит.

Крыса продолжает писать повести. Каждый год на Рождество он присылает мне по нескольку экземпляров. В прошлом году это была повесть про работающего в сумасшедшем доме повара, а в позапрошлом — история труппы комедиантов, написанная по мотивам «Братьев Карамазовых». В повестях Крысы по-прежнему нет сцен секса, и ни один персонаж не умирает.

На первой странице рукописи всегда написано:

«С днем рожденья!»
      и затем:
«Счастливого Рождества!»

Ведь я родился 24 декабря.

Девушку с четырьмя пальцами на левой руке я больше ни разу не видел. Когда я зимой вернулся в город, она уже уволилась из магазина пластинок и съехала с квартиры. Людской водоворот и поток времени поглотили ее без следа.

Приезжая летом в свой город, я всегда прохожу той самой дорогой мимо складов, сажусь на каменные ступени мола и смотрю на море. Иногда мне кажется, что я готов заплакать, — но слезы не текут. Такие дела.

Пластинка с «Девушками Калифорнии» так и стоит у меня в углу на полке. Когда приходит лето, я ее вынимаю и слушаю. А потом пью пиво и думаю о Калифорнии.

Рядом с полкой пластинок стоит стол, и к нему пришпилен комок сухой травы, превратившийся в нечто вроде мумии. Тот самый, из коровьего желудка.

Фотография погибшей девушки с французского отделения затерялась где-то при переезде.

А «Бич Бойз» после долгого перерыва выпустили новую пластинку.

«Куда им всем до девушек Калифорнии...»

40

И последний раз о Дереке Хартфильде.

Хартфильд родился в 1909 году в небольшом городке штата Огайо. Вырос там же. Отец его был неразговорчивый телеграфист, а мать — маленькая толстушка, мастерица печь пирожные и гадать по звездам. Хартфильд-младший рос угрюмым ребенком, друзей у него не было. Свободное время он проводил за чтением комиксов и бульварных журналов — либо поедал мамины пирожные. Окончив школу, начал было работать на городской почте, но очень скоро предпочел уйти в романисты.

В 1930 году он продал за двадцать долларов рукопись своего пятого рассказа «Странные сказки». В следующем году он писал по 70 тысяч слов в месяц, еще через год его производительность возросла до 100 тысяч, а накануне смерти составила 150 тысяч. Согласно легенде, каждые полгода он покупал новую пишущую машинку «Ремингтон».

В основном, он сочинял фантастику и приключения. Вот, к примеру, «Приключения Уорда» в сорока двух частях — самое популярное из его творений. На страницах этой серии Уорд три раза погибает, убивает пять тысяч врагов и покоряет триста семьдесят пять женщин, включая марсианок. Кое-что из этой серии можно прочитать в переводе.

Ненавидел Хартфильд очень многое. Почту, школу, издательства, морковь, женщин, собак —

всего и не перечислишь. А любил только три вещи: огнестрельное оружие, кошек и пирожные, которые пекла его мать. У него была, наверное, лучшая в Штатах коллекция огнестрельного оружия — после киностудии «Парамаунт» и ФБР. В нее не входили разве только зенитные установки и противотанковые гранатометы. Зато входил предмет его гордости — револьвер 38-го калибра с инкрустированной жемчугом рукояткой и единственной пулей в барабане. «Когда-нибудь я всажу ее себе в лоб», — частенько говаривал Хартфильд.

Но в 1938 году, после смерти матери, он уехал в Нью-Йорк, поднялся на «Эмпайр-Стейт-Билдинг», прыгнул с крыши и расплющился, как лягушка.

На могильном камне, согласно завещанию, процитирован Ницше:

«Дано ли нам постичь глубину ночи при свете дня?»

Еще раз о Хартфильде
(вместо послесловия)

Нельзя сказать, что я бы не начал писать сам, если бы не книги Дерека Хартфильда. Но знаю одно: мой путь в этом случае был бы совершенно иным.

В старших классах я несколько раз покупал книги Хартфильда в мягкой обложке — их сдавали в букинистические магазины Кобэ иностранные моряки. Одна стоила 50 иен. Если бы дело происходило не в книжном магазине, мне бы и в голову не пришло назвать эти эрзацы книгами. Аляповатые обложки, порыжевшие страницы... Они пересекали Тихий океан под подушками у матросов на каких-нибудь сухогрузах или эсминцах, чтобы потом появиться у меня на столе.

Через несколько лет я сам пересек океан — только чтобы посетить могилу Хартфильда. Где она находится, я узнал из письма Томаса Макклюра — увлеченного (и притом единственного) исследователя его творчества. «Могилка маленькая, не больше каблучка. Смотри, не прогляди», — писал он мне.

В Нью-Йорке я сел в огромный гробоподобный автобус и в семь утра доехал до маленького городка в штате Огайо. Кроме меня, на этой остановке ни один пассажир не сошел. Я пересек поросшее травой поле и оказался на кладбище. Размерами оно могло потягаться с самим городом. Жаворонки у меня над головой щебетали и чертили круги по воздуху.

Я искал могилу Хартфильда целый час — и нашел. Я положил на нее сорванные неподалеку пыльные дикие розы, ненадолго соединил ладони, а потом присел и закурил. Под мягкими лучами майского солнца жизнь и смерть казались одинаковым благом. Я задрал голову, закрыл глаза — и несколько часов подряд слушал песню жаворонков.

Вот откуда тянется это повествование. А куда оно меня завело, я и сам не пойму. «В сравнении со сложностью Космоса, — пишет Хартфильд, — наш мир подобен мозгам дождевого червя».

Мне хочется, чтобы так оно и было.

В заключение я должен упомянуть о капитальном труде Томаса Макклюра «Легенда бесплодных звезд» (Thomas McClure; «The Legend of Sterile Stars», 1968), выдержками из которого я воспользовался, говоря о произведениях Хартфильда. Выражаю господину Макклюру свою глубокую признательность.

Май 1979 г.
Харуки Мураками

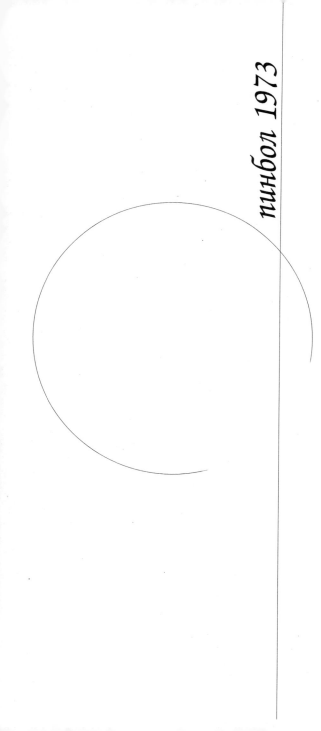

пинбол 1973

1969—1973

Слушать рассказы о незнакомых местах было моей болезненной страстью.

Лет десять назад я мог вцепиться в первого встречного и требовать отчета о его родном городе. Избытка людей, готовых добровольно выслушивать чужие речи, в те времена не наблюдалось — поэтому всякий, кто попадался мне под руку, вел свой рассказ прилежно и старательно. Бывало даже, что совершенно незнакомые мне люди где-то узнавали о таком чудаке и специально приходили что-нибудь рассказать.

Словно бросая камушки в пересохший колодец, они повествовали мне о самых разных вещах — и уходили, одинаково удовлетворенные. Одни говорили с умиротворением, другие — с раздражением. Одни строго по сути вопроса, а другие всю дорогу не пойми о чем. Бывали скучные рассказы, бывали грустные, слезливые — а иной раз случались дурацкие розыгрыши. Однако я всех выслушивал серьезно, как только мог.

Не знаю, в чем здесь причина, но каждый каждому — или, скажем так, каждый всему миру — отчаянно хочет что-то передать. Мне это напоминает стаю обезьян, засунутую в ящик из гофрированного картона. Вот я вынимаю такую обезьяну из ящика, бережно стираю с нее пыль, хлопаю по попе и выпускаю в чистое поле. Что с ними происходит потом, мне неизвестно. Не иначе, грызут где-нибудь свои желуди, покуда все не вымрут. Да и бог с ними, такая у них судьба.

Если откровенно, то работы во всем этом было много, а толку мало. Сейчас я думаю: объяви тогда кто-нибудь всемирный конкурс «Старательное выслушивание чужих речей» — я без сомнения вышел бы в победители. И получил бы награду. Например, коврик на кухню.

Среди моих собеседников один родился на Сатурне, а еще один — на Венере. Их рассказы произвели на меня глубокое впечатление. Начну с Сатурна.

— Там... Там дико холодно! — говорил со стоном мой собеседник. — Одна лишь мысль об этом, и к-крыша едет!

Он входил в политическую группировку, которая безраздельно господствовала в девятом корпусе университета. «Действия определяют идею, а не наоборот», — таков был их лозунг. Что же определяет действия, они никому не рассказывали. Кстати говоря, девятый корпус располагал водяным охлаждением, телефоном и горячей водой, а на втором этаже была даже музыкальная комната с коллекцией из двух тысяч пластинок. Просто рай — особенно в сравнении с восьмым корпусом, где вечно царила вонь, как в сортире какого-нибудь велодрома. Они каждое утро тщательно брились под горячей водой, всячески злоупотребляли телефонной халявой, а вечерами собирались и слушали пластинки — так, что под конец осени в полном составе зафанатели от классики.

Говорят, что в тот удивительно ясный ноябрьский день, когда в девятый корпус вломился третий маневренный отряд, там на полную громкость играл Вивальди — «L'Estro Armonico». Трудно установить, в какой мере это соответствует истине. Одна из трогательных легенд шестьдесят девятого года.

Когда же я прополза́л под наспех выстроенной из диванов шаткой баррикадой, то слышал едва различимые звуки фортепианной сонаты Гайдна соль-минор. Мне вспоминался тогда дом моей подруги — к нему вела крутая дорога, поросшая камелиями. За баррикадой мне предлагался самый роскошный стул и теплое пиво в похищенной из медицинского училища мензурке.

— Еще гравитация сильная, — продолжался рассказ о Сатурне. — Один чувак жвачку выплюнул, попал себе по ноге и всю раздробил к чертям. Просто к-кошмар!

— Да-а-а... — произносил я, выдержав секунды две. К тому времени я освоил порядка трехсот самых разных способов поддакивания.

— А п-потом... Солнце такое, очень маленькое. Как будто в бейсболе мандарин летит вместо мячика. И оттого все время темно. — Следовал вздох.

— Чего ж вы все оттуда не улетите? — интересовался я. — Ведь есть же планеты получше?

— Сам не пойму. Наверное, потому что родина. Дело т-такое... Я вот тоже диплом получу — и домой, на Сатурн. Сделаю все к-как надо. Устрою п-п-переворот.

Думайте, что хотите, — а я люблю рассказы о далеких городах. Я коплю эти города, как медведь копит жир перед спячкой. Стоит закрыть глаза, и всплывают улицы, застраиваются домами, наполняются голосами людей. Эти люди далеко, и мне, скорее всего, никогда с ними не пересечься — но я способен ощутить податливые и вместе с тем прочные изгибы их жизней.

Ω

Наоко тоже несколько раз делилась со мной такими рассказами. В них я помню каждое слово.

— Как это назвать-то, даже не знаю...

Университетский вестибюль был залит солнцем. Наоко подпирала рукой щеку и неловко улыбалась, пока я терпеливо ждал продолжения. Она всегда говорила медленно, подыскивая правильные слова.

Мы сидели друг напротив друга, разделенные столом из красного пластика, на котором стоял бумажный стаканчик, полный окурков. Солнце, бившее в высокое окно, как на картине Рубенса, прочерчивало на столе четкую границу между светом и тенью. Моя правая рука была освещена, левая лежала в тени.

Вот так, двадцатилетними, мы встречали весну 1969 года. Вестибюль ломился от обилия первокурсников — все в новеньких ботиночках, все с конспектами в обнимку, у всех в головах свежие мозги. Возле нас постоянно кто-то на кого-то натыкался, возмущался, извинялся — и этому не было конца.

— В общем, что угодно, только не город, — заговорила она снова. — Скорее, станция на железной дороге, захудалая такая. Если в дождь проезжаешь, можно и не заметить.

Я кивнул. После этого мы с ней добрые полминуты бессмысленно разглядывали табачный дым, дрожащий на границе света и тени.

— А по платформе, от края до края, всегда собаки разгуливают. Бывают такие станции, знаешь?

Я опять кивнул,

— Как со станции выйдешь, попадаешь на маленькую площадь с круговым движением. Там еще автобусная остановка. И несколько магазинов... Такие, ну что ли, сонные магазины. Если пойдешь прямо, упрешься в парк. В парке стоит горка и качелей три штуки.

— А песочница?

— Песочница? — Она чуть подумала и утвердительно кивнула. —Тоже есть.

Мы снова замолчали. Я затушил докуренную сигарету о внутреннюю стенку стаканчика.

— Там жутко скучно. Даже непонятно, зачем строят такие скучные города.

— Бог может проявляться в разных ипостасях, — ляпнул я.

Она покачала головой и улыбнулась. Странно, что эта улыбка — такие часто бывают у примерных и успевающих студенток — запала мне в душу так надолго. Прямо Чеширский Кот из «Алисы» — сам исчез, а улыбка осталась.

И еще мне почему-то ужасно захотелось посмотреть на этих собак, фланирующих по платформе.

♀

Четыре года спустя, в мае 1973 года, я один добрался до этой станции. Чтобы посмотреть на собак. Ради такого случая я побрился, повязал лежавший полгода без дела галстук и натянул сапоги из кордовской кожи.

♀

Когда вылезаешь из пригородного поезда, составленного из двух грустно ржавеющих вагонов, первым делом в ноздри бьет ностальгический запах травы. Запах давнего пикника, приносимый майским ветром с той стороны времени. А если поднять голову и напрячь слух, то становятся слышны голоса жаворонков.

Я широко зевнул, сел на станционную лавочку и от скуки закурил. Чувство свежести, с которым я утром покинул свою квартиру, к этому моменту окончательно испарилось. Все на свете суть повторение уже бывшего — вот что я теперь чувствовал. Безграничное дежа вю — с каждым новым повторением все хуже и хуже.

Когда-то я жил в компании нескольких друзей — мы все спали вповалку. Ранним утром кто-то наступает тебе на голову. Ты слышишь: «Ой, извини». Чуть позже слышится журчание мочи. Не успеваешь уснуть, как все повторяется снова.

Я ослабил галстук, переместил сигарету в угол рта и потерся о бетонный пол подметками неразношенных сапог, чтобы не так давило ноги. Боль не была такой уж сильной — но из-за нее я словно разваливался на части.

Собак не наблюдалось.

Полный раздрай.

Такой вот распад на куски мне приходится испытывать довольно часто. Будто составляешь сразу две мозаики, фрагменты которых свалены в одну кучу. Когда это со мной бывает, я предпочитаю глотнуть виски и заснуть. Вот только утром приходится еще хуже. Все повторяется.

Когда я проснулся, по обе стороны от меня обнаружились две близняшки. Мне приходилось несколько раз иметь дело с близняшками — но такого, чтобы они находились по обе стороны от меня, еще не случалось. Уткнувшись носами в оба моих плеча, они сладко спали. Стояло ясное воскресное утро.

Немного спустя они практически синхронно проснулись, засуетились, надевая брошенные тут же джинсы и рубашки, — потом, ни слова не говоря, сварганили на кухне кофе, нажарили тостов, вынули масло из холодильника и разложили все это на столе. Процедура у них была хорошо отлажена. В окне виднелась сетка для гольфа; сидевшая на ней птица с неизвестным мне именем строчила свою песню, будто из пулемета.

— Вас как зовут-то? — спросил я. Голова раскалывалась от похмелья.

— А какая разница? — отозвалась та, что справа.

— Как зовут, так и зовут, — добавила та, что слева. — Понял?

— Понял, — сказал я.

Мы сидели за столом, жевали тосты и пили кофе. Кофе был отменным.

— А что, без имен трудно? — спросила одна.

— Ну, как-то...

Обе немножко подумали.

— Если уж тебе непременно надо нас как-нибудь называть, придумай сам, — предложила одна.

— Да, как тебе самому нравится.

Они всегда говорили по очереди. Так в радиопередачах проводят настройку стереозвучания. Голова у меня от этого заболела еще сильнее.

— Например? — спросил я.

— Право и Лево, — сказала одна.

— Вертикаль и Горизонталь, — сказала другая.

— Верх и Низ.

— Перед и Зад.

— Восток и Запад.

— Вход и Выход, — с трудом добавил я, не желая отставать. Переглянувшись, они довольно засмеялись.

☿

Если есть вход, то есть и выход. Так устроено почти все. Ящик для писем, пылесос, зоопарк, чайник... Но, конечно, существуют вещи, устроенные иначе. Например, мышеловка.

☿

Один раз я установил мышеловку у себя дома, под раковиной. Приманкой служила мятная жвачка. Ничего другого, достойного называться едой, в моей комнате не нашлось даже после долгих поисков. А жвачка нашлась в кармане зимнего пальто, вместе с половинкой билета в кинотеатр.

На третий день утром мышеловка сработала. В нее попалась молодая крыса, цвета свитера из кашмирской шерсти, какие кучами навалены в лондонских магазинах беспошлинной торговли. По людским меркам ей, наверное, было лет пятнадцать или шестнадцать. Трудный возраст. Огрызки жвачки валялись у нее под лапами.

Поймать-то я ее поймал, но не знал, что делать дальше. Умерла она к утру четвертого дня,

136

так и не высвободив задней лапы, прищемленной проволокой. Глядя на нее, я вывел для себя один урок.

Все должно иметь как вход, так и выход. Обязательно.

Ω

Железнодорожная линия шла мимо холмов — неестественно прямая, будто ее провели по линейке. Вдали по ходу движения тускло зеленел смешанный лес, похожий на скатанные из обрывков бумаги шарики. Блестящие от солнца рельсы вдалеке сходились и терялись в зелени. Казалось, пейзаж будет вечно оставаться таким же, сколько ни иди. Это наводило тоску. Если так, то уж лучше метро.

Я закурил, потянулся и взглянул на небо. На небо я давно уже не глядел. В том смысле, что само это действие — глядеть на что либо без спешки — мною давно не предпринималось.

Небо было безоблачным, но его затянуло мутной непрозрачной вуалью, обычной для весны. Сквозь эту неподатливую вуаль тут и там старалась пробиться небесная голубизна. Солнечный свет беззвучно падал сквозь атмосферу мелкой пылью — и ложился на землю, не найдя, кого собою удивить.

Под тепловатым ветром свет подрагивал. Воздух перемещался неспешно, подобно стайкам птиц, перепархивающим с дерева на дерево. Ветер скатывался по отлогому зеленому косогору вдоль путей, перемахивал через рельсы и пронизывал лес, не шевеля ни листочка. Раздавалось одиночное «ку-ку», пролетало сквозь мягкие солнечные лучи и таяло на гребне далекой горы.

Вытянутые цепью холмы напоминали исполинских котов — они присели на корточки, пригрелись и задремали.

☿

Ноги принялись ныть еще сильнее.

☿

О колодцах.

Наоко приехала в это место, когда ей было двенадцать. В 1961 году, если по западному календарю. В год, когда Рики Нельсон спел «Хеллоу, Мэри Лу». В этой мирной зеленой долине тогда решительно ничего не могло приковать глаз. Несколько крестьянских домов, несколько огородов, речка, кишащая раками, колея железнодорожной ветки и наводящая зевоту станция. При доме, как правило, — сад с хурмой, в углу сада — выбеленный дождем сарай, готовый развалиться при первом прикосновении. На стене сарая, обращенной к станции, — жестяной щит с аляповатой рекламой туалетной бумаги или мыла. И все в таком духе. Даже собак не водилось! — говорила Наоко.

Дом, в котором она поселилась, был построен во время войны в Корее. Двухэтажный, в западном стиле, он не был особо велик — но для его широких и мощных столбов выбрали первосортное дерево, поэтому дом выглядел спокойно и уверенно. Снаружи он был выкрашен в три разных оттенка зеленого цвета. Под солнцем, ветром и дождем краски выцвели, и дом окончательно растворился в окружающем пейзаже. В широком саду было несколько деревьев и пруд. Среди деревьев находилась уютная восьмиугольная беседка, служившая также художественной мастерской; на ее эркерах висели кружевные занавески какого-то невразумительного цвета. У пруда буйно цвели нарциссы, и по утрам туда слетались пташки, желавшие искупаться.

Архитектором дома и первым его жильцом был пожилой художник, работавший в западной манере. Зимой перед приездом Наоко он умер от легочного осложнения. Значит, дело было в 1960 году — когда Бобби Ви спел «Резиновый мячик». Той зимой выпало неимоверное количество дождя. Здесь практически не случалось снега — вместо него шел жутко холодный дождь. Пронизывая землю, он покрывал ее сверху ледяной сыростью — а глубины питал сладкими грунтовыми водами.

В пяти минутах ходьбы от станции находился дом копателя колодцев. Он стоял в заболоченной низине у самой реки, так что летом его брали в осаду комары и лягушки. Копатель был пятидесятилетний чудаковатый мужик с тяжелым характером. Подлинный талант он имел лишь к рытью колодцев. Когда его просили выкопать колодец, он начинал ходить кругами по участку, где собирались копать, и ходил так несколько дней. Что-то тихо бубнил, тут и там зачерпывал рукой земли, нюхал... Отыскав, наконец, внушающую доверие точку, звал товарищей — и они под прямым углом вгрызались в землю.

Поэтому каждый в этой местности всегда мог напиться вкусной колодезной воды — холодной и такой чистой, что даже держащие стакан пальцы казались прозрачными. Поговаривали, что вода притекает сюда с Фудзи, когда там тают снега — но это, конечно, чушь. Слишком далеко.

Осенью, когда Наоко исполнилось семнадцать лет, копатель погиб под поездом. Винили непроглядный ливень, нетрезвое состояние и тугоухость. Тело искромсало на тысячи кусков, разлетевшихся вокруг. Семь полицейских собрали их в пять ведер, попутно отгоняя длинной палкой с крюком стаю тощих бродячих собак. Не хватало кусков еще на одно ведро — видимо, упали в речку и течение отнесло их в пруд. На корм рыбам.

У копателя было два сына, которые бесследно исчезли из этих мест. К их дому никто даже не подходил, он так и стоял заброшенным, медленно разваливаясь. А найти здесь колодец с хорошей водой стало с тех пор совсем трудно.

Я люблю колодцы. Стоит мне увидеть колодец, как я принимаюсь кидать в него камушки. Ничто так не успокаивает душу, как звук камушка при ударе о воду глубокого колодца.

Ǫ

В 1961 году семья Наоко перебралась в эти места на жительство по волевому решению отца. Во-первых, покойный художник приходился ему близким другом. А во-вторых, отцу Наоко здесь просто нравилось.

Он был специалистом по французской филологии — похоже, достаточно известным в своих кругах. Но когда Наоко пошла в школу, совершенно оставил работу в университете и беззаботно предался любимому делу — переводу чудесных старинных книг. Речь в них шла о всяких вурдалаках, падших ангелах, грешных монахах и изгнателях беса. Конкретнее описать не могу. Только один раз я наткнулся на его фотографию в каком-то журнале. По словам Наоко, ее отец в молодости слыл человеком забавным — глядя на фото, я готов был этому поверить. На голове охотничья шапочка, на носу темные очки, взгляд устремлен на метр выше объектива. Наверное, что-нибудь увидел...

Ǫ

Когда семья Наоко переехала сюда, здесь как раз наметилась своеобразная колония, в которую собрались такие же интеллигенты с причудами. Получилось что-то вроде сибирской ссылки, куда царская Россия отправляла вольнодумцев.

О сибирской ссылке я читал совсем немного, в биографии Троцкого. Сейчас уже мало что помню в подробностях — разве что про тараканов и еще про северных оленей. Ну, значит, расскажу про оленей.

Троцкий под покровом темноты украл оленью упряжку и бежал из ссылки. Четыре оленя сломя голову несли его через серебряную пустыню. Их дыхание превращалось в белые клубы, а копыта разбрасывали девственный снег. После двух дней пути, когда они добрались до станции, олени настолько выбились из сил, что упали и встать уже не смогли. Троцкий взял погибших оленей на руки — и сквозь подступившие слезы дал в своей душе клятву. Он сказал: я непременно приведу эту страну к справедливости и к идеалам. И еще к революции. По сей день на Красной Площади стоят эти четыре оленя, отлитые в бронзе. Один смотрит на восток, другой смотрит на север, третий смотрит на запад, и четвертый смотрит на юг. Даже Сталин не смог уничтожить этих оленей. Если вы приедете в Москву и субботним утром придете на Красную Площадь, то наверняка сможете увидеть освежающее душу зрелище: краснощекие школьники, выдыхая белый пар, чистят оленей швабрами.

Да, про колонию...

Они отвергли удобные, ровные площадки рядом со станцией, намеренно удалились на горные склоны и настроили там домов по своему вкусу. У каждого дома был невероятно обширный сад — со смешанными рощами, прудами и несрытыми холмами. В некоторых садах даже протекали живописные ручьи с настоящей форелью.

Они просыпались от песен горных голубей и обходили свои сады, ступая по крошащимся плодам буковых деревьев и останавливаясь, чтобы посмотреть на льющиеся сквозь листву солнечные лучи.

Потом пришло время, когда до колонии докатилась мощная волна переселенцев из центра столицы — правда, уже сильно ослабленная. Дело было в пору Токийской Олимпиады. Тутовую плантацию — громадную, напоминающую море, если смотреть на нее с горы — всю запахали бульдозерами. А вокруг станции постепенно выстроились ровные ряды домов и магазинов. Новоприбывшие по преимуществу работали на фирмах в центре города, поэтому вскакивали в шестом часу утра, ополаскивали лицо и нетерпеливо прыгали в поезд — чтобы вернуться домой глубоким вечером в полумертвом состоянии.

Так что взглянуть на город и на собственный дом без спешки они могли только во второй половине воскресенья. А еще, как сговорившись, почти все держали дома собак. Собаки активно скрещивались, щенки вырастали в бродячих псов. Когда Наоко говорила, что раньше здесь совсем не было собак, она имела в виду именно это.

☿

Я прождал около часа, но собаки не появлялись. Зажег десятую сигарету, потом раздумал и затушил. Сходил на середину платформы, отвернул водопроводный кран, попил воды — холодной до ломоты в зубах, но вкусной. Однако и после этого собаки не появились.

Сбоку от станции был большой пруд — узкий и петлистый, как запруженная речка. Его окружали густые, высокие камыши, а на поверхности время от времени плескалась рыба. На берегу, блюдя дистанцию, сидели молчаливые мужчины с удочками. Леска у каждого была абсолютно недвижной и напоминала воткнутую в матовую поверхность серебряную иголку. Под ленивыми лучами весеннего солнца, старательно обнюхивая клевер, бегала по кругу большая белая собака, пришедшая вместе с рыбаками.

Когда собака приблизилась ко мне метров на десять, я перегнулся через изгородь и позвал ее. Она подняла морду, посмотрела на меня какими-то несчастными светло-карими глазами и пару раз вильнула хвостом. Я щелкнул пальцами, собака подбежала, просунула нос сквозь изгородь и лизнула мне руку длинным языком.

— Иди сюда! — сказал я, отступив на шаг. Собака оглянулась назад, как бы в нерешительности, и продолжала махать хвостом, не понимая, чего от нее хотят.

— Сюда, кому говорю!

Я достал из кармана жвачку, снял обертку и показал собаке. Немного подумав, она решилась и пролезла под изгородью. Я погладил ее по голове, потом слепил из жвачки шарик и со всех сил бросил его в сторону платформы. Собака рванула туда.

Довольный результатом, я отправился домой.

Ǫ

В поезде на обратном пути я несколько раз обращался сам к себе. Теперь все, — говорил я, — теперь можно забыть. Для этого ты сюда и ездил. Но забыть не получалось. Ни того, что я любил Наоко. Ни того, что она умерла. А все потому, что на самом деле ничего не кончилось.

Ǫ

Венера — планета жаркая и вся покрытая облаками. Из-за жары и сырости большинство ее жителей умирают молодыми. Имена доживших до тридцати остаются в преданиях. Уже из-за одного этого их сердца переполнены любовью. Все венерианцы любят всех венерианцев. У них нет ненависти, презрения или зависти. Нет даже злословия. Нет драк и убийств. Все, что у них есть, — это любовь и сочувствие.

— Если даже кто-то умрет, мы не горюем, — сказал мне один тихий уроженец Венеры. — Ведь пока мы живем, мы торопимся любить. Чтобы потом не сожалеть ни о чем.

— То есть, как бы впрок, да?

— Вашими словами это трудно выразить...

— А что, там правда все так гладко идет? — спросил я.

— Если б это было не так, — ответил он, — Венера задохнулась бы от горя.

♀

Когда я вошел к себе в квартиру, близняшки лежали под одеялом, как сардины в консервной банке, и хихикали о чем-то своем.

— С возвращением! — сказала одна.

— Куда ходил? — спросила другая.

— На станцию, — сказал я, ослабил галстук и нырнул под одеяло между ними. Жутко хотелось спать.

— На какую станцию?

— А зачем ты туда ходил?

— На дальнюю станцию. Посмотреть на собак.

— Каких собак?

— Любишь собак?

— На белых больших собак. Это еще не значит, что я их так сильно люблю.

Я закурил, и они молчали, пока я не докурил до конца.

— Тебе грустно? — спросила одна.

Я молча кивнул.

— Поспал бы ты, — сказала другая.

И я заснул.

♀

Это история не только про меня. Второго ее героя звали Крыса. В ту осень мы с ним жили в городах, которые разделяли семьсот километров.

Книга начинается отсюда, с сентября 1973 года. Это вход. Будет неплохо, если окажется и выход. Если же выхода не окажется, то писать книгу никакого смысла нет.

Ω

Рождение пинбола.

Едва ли отыщется хоть кто-то, слышавший о человеке по имени Раймонд Морони.

Жил когда-то такой деятель, а потом умер. И все. Больше про его жизнь никто ничего не знает. Столько же знают о жуке-плавунце со дна глубокого колодца.

Но именно этот человек в 1934 году извлек из золотых облаков технологии и поставил на нашу грешную землю самый первый автомат для игры в пинбол. Это исторический факт, относящийся к тому же году, когда Адольф Гитлер поделил гигантскую лужу под названием «Атлантический океан» и положил руку на первую перекладину веймарской лестницы.

Однако, в отличие от братьев Райт или Александра Белла, фигура Раймонда Морони вовсе не окрашена в мифологические тона. Ни тебе трогательного эпизода из юности, ни тебе драматической «эврики». Ничего, кроме имени на первой странице специального труда, написанного любопытным автором для любопытных читателей. Читаем: «В 1934 году господином Раймондом Морони был изобретен первый автомат для игры в пинбол». Даже без фотографии. А раз уж нет портрета, то что говорить о памятнике!

Возможно, вы думаете так: если бы этот господин Морони никогда не существовал, то и история пинбольного автомата сложилась бы совсем по-другому. Или вообще бы никак не сложилась. А коли так, то наша столь низкая оценка заслуг господина Морони является вопиющей неблагодарностью! Однако, будь у вас возможность взглянуть на «Ballyhoo», первый автомат, вышедший из-под рук господина Морони, — ваши сомнения, скорее всего, развеялись бы. Потому что в этом автомате не было решительно ничего, что могло бы хоть как-то стимулировать воображение.

Есть немало общего в путях, которыми двигались пинбольный автомат и Адольф Гитлер. И тот, и другой были накипью эпохи, пеной сомнительного происхождения — и свою мифологическую ауру приобрели не столько благодаря факту своего существования, сколько благодаря скоростям прогресса. А основу прогресса составляют, как известно, три вещи: технология, капиталовложения и фундаментальные запросы людей.

Люди кинулись с пугающей скоростью посвящать свои разнообразные таланты бесхитростной машине, похожей на слепленную из грязи куклу. «Да будет свет!» — кричали одни. «Да будет электричество!» — кричали другие. «Да будет флиппер!» — кричали третьи. В итоге игровое поле озарилось светом, шарик начал вбрасываться силой электромагнита, а флиппер научился отправлять его обратно сразу двумя своими лапами.

Для игрока был введен десятичный индекс уровня, и счет стал вестись с его учетом. Чтобы справиться с теми, кто сильно трясет машину, придумали лампочку «Нарушение правил». Затем родилось метафизическое понятие *сиквенс*, за которым последовали такие категории, как *бонус лайт*, *экстра бол* и *риплэй*. Только после этого пинбольному автомату стало присуще известное магическое начало.

Ω

Это будет книга про пинбол.

Ω

Вот что написано в предисловии научного исследования по пинболу под названием «Бонус лайт»:

«От пинбольного автомата вы не получаете практически ничего — только гордость от перемены цифр. А теряете довольно много. Вы теряете столько меди, что из нее можно было бы соорудить памятники всем президентам (другой вопрос, захотите ли вы ставить памятник Ричарду М. Никсону), — не говоря уже о драгоценном времени, которое не вернуть.

Покуда вы истощаете себя, одиноко сидя у пинбольного автомата, кто-то, быть может, читает Пруста. Кто-то другой смотрит в автомобильном кинотеатре "Смелую погоню", по ходу действия предаваясь тяжелому петтингу с подругой. Не исключено, что первый станет писателем, проникнувшим в самую суть вещей, а второй создаст счастливую семью.

И ведь главное — пинбольный автомат не следует за вами по пятам, куда бы вы ни пошли. Он просто зажигает лампочку повторной игры. "Риплэй", "риплэй", "риплэй", "риплэй"... Может возникнуть впечатление, что целью этой машины является бесконечность как таковая.

О бесконечности мы знаем немного. С другой стороны, можно строить догадки по поводу ее отражений.

Цель пинбола лежит не в самовыражении, а в самопреобразовании. Не в расширении "эго", а в его сужении. Не в анализе, а в охвате.

Но если вы ставите своей целью самовыражение, расширение "эго" или же анализ, то вас, скорее всего, настигнет неотвратимое возмездие лампочки "Нарушение правил".

Приятной игры!»

1

Наверняка существует множество способов различать сестер-близнецов — но я, к сожалению, не знал ни одного. Мало того, что совпадали лица, голоса, прически и все остальное. На них не было даже ни родинки, ни малюсенького пятнышка — вот в чем состоял весь ужас. Две идеальные копии. Они одинаково реагировали на всевозможные раздражители, ели одно и то же, пили одно и то же, пели одно и то же — вплоть до того, что совпадали часы сна и графики месячных.

Что значит иметь близнеца? Силы моего воображения и близко не хватит, чтобы это представить. Думаю, появись у меня абсолютно идентичный близнец, я немедленно тронулся бы умом. Мне и одному проблем хватает.

Сами они жили в высшей степени мирно — а когда вдруг замечали, что я не могу их различить, то удивлялись и даже сердились.

— Да ведь мы непохожи совсем!

— Абсолютно разные!

Я только пожимал плечами.

Неясно было, сколько утекло времени с тех пор, как они появились в моей комнате. С момента, когда я начал с ними жить, мое внутреннее чувство времени заметно атрофировалось. Думаю, подобным же образом ощущают время организмы, размножающиеся путем клеточного деления.

Ⓠ

С одним приятелем мы сняли квартиру на покатом спуске, уходящем к югу от района Сибуя, и открыли там небольшую переводческую контору. Средства нам выделил отец приятеля — понятно, что не ахти какие. Помимо платы за квартиру они ушли на приобретение трех металлических столов, десятка словарей, телефонного аппарата и полудюжины бутылок бурбона. На оставшиеся деньги мы заказали себе железный щит, выгравировали название поприличнее и повесили на видное место. Потом дали рекламу в газете, положили четыре ноги на стол — и, попивая виски, принялись ожидать прихода клиентов. Стояла весна семьдесят второго года.

Прошло несколько месяцев, и мы обнаружили, что наткнулись на золотую жилу. Заказы на наше скромное учреждение так и сыпались. С барышей мы приобрели кондиционер, холодильник и домашний бар.

— Мы с тобой триумфаторы! — говорил мой приятель.

Я тоже был глубоко удовлетворен. Мне еще никогда не приходилось слышать таких теплых слов в свой адрес.

Мой напарник установил связь с машинописным бюро, и все наши переводы стали перепечатываться только у них — а мы за это имели скидку. Я же привлек несколько успевающих студентов с инъяза и доверил им подстрочники, на которые у нас самих не хватало времени. Еще мы наняли секретаршу для мелких поручений, телефона и бухгалтерии. Это была выпускница бизнес-курсов, длинноногая и внимательная, не имевшая недостатков, кроме мурлыканья песни «Penny Lane» (только без припева) по двадцать раз на дню. «Именно то, что нам надо!» — сказал напарник. Мы положили ей зарплату в полтора раза больше принятого, каждые пять месяцев выплачивали премию и предоставляли десятидневный отпуск зимой и летом. Все трое были совершенно удовлетворены и счастливы.

Офис состоял из двух комнат и кухни — причем, что интересно, кухня находилась в середине. Комнаты мы разыграли на спичках. Мне досталась дальняя, а напарнику — соседняя с прихожей. Секретарша обитала на кухне между нами, напевала там свою «Penny Lane», листала счета, мешала виски со льдом и ставила ловушки на тараканов.

За счет фирмы я купил две полки и приколотил их по обеим сторонам рабочего стола, предназначив левую для поступающих заказов, а правую — для готовых переводов.

Заказы и заказчики бывали самые разные. Статья из «Америкэн Сайенс» про шарикоподшипники, «Всеамериканская Книга Коктейлей» за 1972 год, эссе Уильяма Стайрона или руководство по пользованию безопасной бритвой — все снабжалось ярлыком «К такому-то числу» и складывалось на левую полку, чтобы по истечении надлежащего времени перебраться на правую. Завершение каждого перевода отмечалось дозой виски в толщину большого пальца.

От себя ничего не добавляешь — это самое замечательное в работе переводчиков такого типа. Держишь монетку в левой руке, потом хлоп! — правую сверху, а левую убрал. Монетка в правой.

На работу мы приходили в десять, уходили в четыре. По субботам шли втроем на ближайшую дискотеку, где пили «J&B» и отплясывали под Сантану в исполнении тамошней банды.

Доходы были неплохи. Сколько-то уходило на аренду помещения, неизбежные траты по мелочам, зарплату нашей девчонке, зарплату студентам и налоги. То, что оставалось, делилось на десять частей. Одна часть откладывалась на счет фирмы, пять получал мой напарник, и четыре шли мне. Подход был совершенно первобытный, — но нам ужасно нравилось разложить на столе деньги и делить их на равные части. Это напоминало нам сцены игры в покер из фильма «Cincinnati Kid» — мы были как Стив Маккуин и Эдвард Робинсон.

То, что мой напарник получал пять частей, а я только четыре, кажется мне правильным. Ведение наших дел фактически лежало на нем, и он безропотно сносил мои злоупотребления алкоголем, когда таковые случались. Кроме того, на шее у него висели болезненная жена, трехлетний сын и «фольксваген» с вечно текущим радиатором. Семена новых и новых проблем так на него и сыпались — будто старых не хватало.

— Я, между прочим, тоже двух девчонок кормлю! — сказал я ему как-то. Эти слова, понятное дело, доверия не встретили. Как и раньше, ему отошло пять частей, мне четыре.

Так проплыли дни, за которые я стал ближе к тридцати, чем к двадцати. Они были мирными, как полуденный солнцепек.

«Среди написанного человеческой рукой не существует ничего такого, чего не смог бы понять человек», — гласил броский слоган на трехцветной рекламке нашей фирмы.

Примерно раз в полгода, когда поток заказов вдруг иссякал, мы втроем шли к станции Сибуя и от нечего делать раздавали эту рекламку прохожим.

Сколько же все-таки прошло времени? — думаю я, шагая сквозь молчание, конца которому не видно. Прихожу с работы, выпиваю замечательный кофе, сваренный близняшками, — и в который уже раз перечитываю «Критику чистого разума».

Иногда вчерашний день воспринимаешь как прошлый год. А иногда прошлый год воспринимаешь как вчерашний день. Бывает еще, что будущий год кажется вчерашним днем — но это уже совсем худо. Переводишь «Искусство Романа Полански», а в голове — шарикоподшипники.

Уже несколько месяцев и даже лет я один сижу на дне глубокого бассейна. Теплая вода, мягкий свет — и тишина. И тишина...

ᛩ

Для различения близняшек подходил лишь один-единственный способ — по их футболкам. На темно-синей выцветшей ткани стояли белые цифры номеров: «208» и «209». Двойка располагалась над правым соском, а восьмерка либо девятка — над левым. Ноль потерянно маячил в середине.

В первый же день я спросил у них, что эти номера означают. Ничего не означают, — ответили они.

— Как серийные номера на станках, — сказал я.

— Ты о чем? — спросила одна.

— О том, что это выглядит так, будто вас целая толпа. Номер 208, номер 209...

154

— Ну, сказал! — фыркнула 209.

— Нас только двое родилось, — сказала 208. — Футболки потом появились.

— А где вы их взяли?

— На открытии супермаркета. Первым покупателям бесплатно давали.

— Я была двести девятый покупатель, — сказала 209.

— А я двести восьмой, — сказала 208.

— Мы тогда салфеток купили три коробки.

— Отлично, — сказал я. — Так и поступим. Тебя я буду называть «Двести восьмая». А тебя «Двести девятая». И путаницы не будет.

— Ничего не получится, — сказала одна.

— Почему?

Они молча стащили свои футболки и, поменявшись, натянули снова.

— Я Двести Восьмая! — сказала 209.

— А я Двести Девятая! — сказала 208.

Я лишь вздохнул.

И тем не менее, когда мне дозарезу нужно было их идентифицировать, номера сильно выручали. Других способов распознавания у меня просто не было.

Кроме этих футболок, они не имели почти никакой одежды. Да и откуда ей было взяться — они ведь просто гуляли, зашли в чужой дом, да так в нем и остались. Именно так и было, разве нет? В начале недели я выдавал им немного денег на всякие расходы — но, кроме самых необходимых продуктов, они покупали только кофе и кремовые бисквиты.

— Без одежды-то, наверное, плохо? — спрашивал их я.

— Нормально, — отвечала 208.

— Мы одеждой не интересуемся, — добавляла 209.

Раз в неделю они стирали свои футболки в ванной. Читая в постели «Критику чистого разума», я поднимал глаза и видел их за стиркой — они бок о бок стояли голышом на кафельном полу. В такие минуты у меня рождалось полное ощущение, что я не здесь, а где-то совсем далеко. Почему — не знаю. Такое чувство стало временами посещать меня с лета прошлого года, когда на трамплине для прыжков в воду я лишился зубной коронки.

Когда я возвращался с работы, меня часто встречали две футболки — они развевались в проеме южного окна. При виде их у меня даже наворачивались слезы.

φ

Почему вы у меня поселились? до какого времени? которая из вас старшая? сколько вам лет? где вы родились? — ни одного из этих вопросов я им не задавал. Сами они тоже ничего не говорили.

Мы втроем пили кофе, гуляли вечерами по полю для гольфа, искали там потерянные мячики, заигрывали друг с другом, лежа в кровати, — и так каждый день. Центральным же номером было чтение газет. Ежедневно я тратил час, чтобы донести до них новости. Их невежество было чудовищным. Они не отличали Бирмы от Австралии. Потребовалось три дня, чтобы растолковать им, что Вьетнам разделен на две воюющие части, — и еще четыре, чтобы объяснить, почему Никсон бомбил Ханой.

— А ты за кого болеешь? — спросила 208.

— В смысле?

— За Север или за Юг? — 209.

— Ну, как... Даже не знаю.

— Почему? — 208.

— Так ведь я там не живу, во Вьетнаме-то...

Мои объяснения их не убеждали. Да и самого меня тоже.

— Они воюют, потому что у них разные точки зрения? — допытывалась 208.

— Можно и так сказать.

— Получается, что там две противоположные точки зрения, да? — 208.

— Ну да. Хотя противоположных точек зрения в мире — примерно полтора миллиона. Или нет, пожалуй, больше.

— Выходит, в мире почти никто ни с кем не может подружиться? — 209.

— Наверное. Практически никто ни с кем подружиться не может.

Таков был стиль моей жизни в семидесятые годы. Достоевский предсказал, я воплотил.

2

Осень 1973 года глубоко в себе таила что-то зло-вещее. Крыса отчетливо это чувствовал — как чувствуют камушек, попавший в обувь.

Глотнув зыбко дрожащего сентябрьского воз-духа, короткое лето растаяло, — а душа все не хотела расставаться с его жалкими остатками. Старая майка, джинсовые шорты, пляжные сан-далии... В этом неизменном виде Крыса прихо-дил в «Джейз-бар», садился за стойку и вместе с барменом Джеем пил ледяное пиво. Он снова курил после пятилетнего перерыва и через каж-дые пятнадцать минут посматривал на часы.

Время в восприятии Крысы было словно пе-ререзанным. Почему так получилось, он и сам не понимал. Он даже не мог определить, где именно оно перерезано, — и, не выпуская из рук лопнув-шей веревки, блуждал по жидким осенним сумер-кам. Он пересекал луга, переходил через ручьи, тыкался в разные двери, но мертвая нить не при-водила его никуда. Крыса был одинок и бесси-лен, как зимняя муха с оторванными крыльями, как речной поток, увидевший на своем пути море. Ему чудились порывы злого ветра, который отби-рал у него теплую воздушную оболочку и уносил на противоположную сторону Земли.

Время Года открывает дверь и выходит, — а через другую дверь заходит другое Время Года.

Кто-то вскакивает, бежит к двери: эй, ты куда, я забыл тебе кое-что сказать! Но там никого. А в комнате уже другое Время Года — расселось на стуле, чиркает спичкой, закуривает. Ты что-то забыл сказать, — произносит оно. — Ну так говори мне, раз такое дело, я потом передам. — Да нет, не надо, ничего особенного... А кругом завывает ветер. Ничего особенного. Просто умерло еще одно время года...

Ǫ

В осенне-зимние холода этого года — как и любого другого — они были вместе: бросивший университет юнец из богатой семьи и одинокий бармен-китаец. Они напоминали пожилую семейную пару.

Осень всегда была неприятна. Летом на каникулы приезжали какие-то друзья, пусть и немногочисленные, — но вот, даже не дождавшись сентября, они кидали пару слов на прощание и разъезжались кто куда. Когда летнее солнце, словно миновав невидимый глазу перевал, еле заметно меняло цвет, пропадала та сверкающая аура, которая, хоть и ненадолго, но все же появлялась вокруг Крысы. А то, что оставалось от летних снов, мелким ручейком уходило в осенний песок.

Джей тоже не был в восторге от осени. С середины сентября его внимательный глаз начал замечать убыль клиентуры. Такое случалось ежегодно, но этой осенью убыль была такова, что глаз ее не просто замечал — глаз от удивления лез на лоб. Ни Джей, ни Крыса не могли понять, в чем дело. К вечернему закрытию постоянно оставалось полведра начищенной, но непожаренной картошки.

— Набегут еще, — утешал Джея Крыса. — Еще скажешь, что слишком много!

— Посмотрим, — с сомнением в голосе отвечал Джей, плюхался на табурет, перетащенный через стойку, и принимался кончиком картофелерезки отковыривать гарь, налипшую на стенки тостера.

Что будет дальше, не знал никто.

Крыса молча листал книжные страницы, Джей протирал бутылки с вином. В оттопыренных пальцах оба держали по сигарете.

♀

Поток времени в восприятии Крысы начал постепенно терять свою однородность примерно три года назад. Той весной, когда он бросил университет.

Понятно, что имелось несколько причин его ухода из университета. Когда сложное взаимопереплетение этих нескольких причин достигло определенной температуры, пробки с шумом вылетели. Что-то после этого осталось, что-то было отброшено, а что-то умерло.

Причин ухода из университета Крыса никому не объяснял. Всестороннее объяснение потребовало бы часов пять, не меньше. А потом, расскажи кому-нибудь одному, так сразу и все остальные захотят послушать. Этак придется объясняться перед всем миром. Уже сама мысль об этом Крысе была глубоко противна.

— Мне не нравилось, как у них газон во дворе пострижен, — говорил он в те моменты, когда совсем без объяснения было нельзя. Одна девчонка даже всерьез ходила смотреть на университетский газон. «Не так уж и плохо он пострижен, — говорила она потом. — Бумажки только всякие валяются, а так ничего». «Это кому как», — возражал Крыса...

— Мы с университетом оба друг другу не понравились. — Так он тоже иногда говорил, если позволяло настроение. И после этих слов впадал в молчание.

Уже целых три года прошло.

Вместе с потоком времени уносилось буквально все. Уносилось со скоростью, не подвластной уму. Немногочисленные страсти, какое-то время кипевшие в Крысе, резко выцветали, деформировались, превращались в подобие старых, бессмысленных снов.

В год поступления в университет Крыса покинул родительский дом, перебравшись в квартиру, где его отец устроил себе рабочий кабинет. Родители не возражали. Квартира и покупалась с тем расчетом, чтобы потом передать ее сыну: пусть парень поборется с трудностями самостоятельной жизни.

Хотя, конечно, назвать это «трудностями» было никак нельзя. Как нельзя назвать дыню «овощем». В этой идеально распланированной двухкомнатной квартире было все: кухня, кондиционер, телефон, ванная с душем, 17-дюймовый цветной телевизор, подземный гараж с «триумфом», и в довершение всего — шикарнейшая веранда для солнечных ванн. Из окна в юго-западном углу открывался живописный вид на город и море. А когда все окна распахивались, ветер приносил густой аромат деревьев и щебетанье птиц.

Тихие послеполуденные часы Крыса проводил в плетеном кресле. Отрешенно закрыв глаза, он чувствовал время: оно текло сквозь него неторопливым ручейком. Сидеть так он мог часами, днями и неделями.

Иногда из памяти вдруг выплывали старые переживания и бились о сердце слабенькими волнами. Тогда Крыса зажмуривался, накрепко запирал сердце и терпеливо ждал, пока волны улягутся. Это случалось в минуты легких сумерек перед наступлением вечера. Когда волны уходили, уже ничто не тревожило Крысу, в его душе снова был мир — все такой же хрупкий и маленький.

3

Никакие люди в мою дверь никогда не стучались — разве что агенты по подписке газет. Агентам я никогда не открывал и даже голосом на их стук никак не отзывался.

Но пришедший в то воскресное утро стучал без передышки целых тридцать пять раз. Пришлось разлепить глаза, слезть с кровати и навалиться всем телом на дверь. В коридоре стоял сорокалетний мужчина в серой спецовке и бережно, как щенка, держал мотоциклетный шлем.

— Извините, я из телефонной компании, — сказал мужчина. — Мне нужно заменить распределительный щит. По-другому называется коммутатор.

Я кивнул. Его лицо было иссиня-черным от щетины. Такому, сколько ни брейся, все не выбрить. Синева доходила аж до глаз. Мне было его ужасно жалко, но спать хотелось еще ужаснее. Все потому, что до четырех утра мы с близняшками играли в трик-трак.

— Вы не могли бы прийти сегодня после двенадцати?

— Нет, знаете, лучше прямо сейчас.

— Почему?

Он порылся в широченном кармане штанов и достал блокнот в черной обложке.

— У меня все по часам расписано. Как закончу в одном районе, сразу еду в другой. Вот, видите?

Он показал записи. Действительно, в нашем районе осталась неохваченной только моя квартира.

— Что именно вы хотите сделать?

— Очень простую вещь. Снять щит, отсоединить провода и подключить к новому. Делается за десять минут.

Я еще немного подумал и покачал головой.

— Меня и нынешний щит устраивает.

— Так ведь у вас старая модель!

— Ну и пусть будет старая.

— Как же это? — Он задумался. — Понимаете, тут не так все просто. Из-за вас могут люди пострадать!

— Каким образом?

— Распределительные щиты у всех подключены к главному компьютеру на станции. И вот от вас одного станут приходить не такие сигналы, как от других. Вы понимаете, что тогда начнется?

— Понимаю. Надо увязать железо и программы, да?

— Хорошо, что понимаете. Может, позволите войти?

Сдавшись, я открыл дверь и впустил его.

— А зачем мне в квартире распределительный щит? — поинтересовался я. — Почему бы ему не висеть в каком-нибудь служебном помещении?

— *Так повелось,* — сказал монтер, тщательно изучая кухонную стену в поисках щита. — Кстати, распределительные щиты всех раздражают. В хозяйстве их не приспособишь, да и громоздкие они.

Я покивал. Он залез в носках на стул и стал обследовать потолок. Ничего у него не находилось.

— Кладоискательство какое-то! — пожаловался он. — Вечно так запихают, что и не догадаешься, куда. Наказание одно. Или еще какое-нибудь пианино дурацкое придвинут и куклу в коробке поставят, чтобы загородить. Придумывают всякое...

Я не спорил. Придя к выводу, что на кухне щита нет, монтер отправился в большую комнату.

— Вот я недавно в одной квартире был, — говорил он, открывая дверь. — Так они свой щит в такое место засунули... Уж на что я...

Слова застряли у него в горле. На огромной кровати в углу, оставив мою середину пустой, лежали две одинаковые девчонки, до подбородков накрытые одеялом. Секунд пятнадцать ошарашенный гость не мог издать ни звука. Девчонки тоже молчали. Я должен был что-то сказать.

— Это монтер... Он нам телефон починит.

— Очень приятно! — сказала та, что справа.

— Милости просим! — добавила та, что слева.

— Ага, — сказал монтер. — Спасибо...

— Он нам распределительный щит поменяет, — сказал я.

— Распределительный щит?

— Это что еще такое?

— Это устройство, которое управляет телефонной линией.

— Непонятно! — сказали обе. Я переложил объяснение на монтера.

— Ну, — сказал он, — одним словом... Там собрано несколько проводов... Как бы это объяснить... Скажем так: есть мама-собака, и у нее несколько щенков. Это вам понятно?

— ?

— Непонятно!

— Да как же... Ну вот: мама-собака, у нее щенки, она их кормит. Если мама-собака умрет, то щенки умрут тоже. И когда мама-собака уже готова помереть, мы эту маму берем и меняем на новую!

— Какая прелесть!

— Просто чудо!

Мне тоже понравилось.

— Именно для этого я сегодня и пришел. Очень сожалею, что помешал вашему сну.

— Ничего страшного.

— Интересно будет посмотреть.

В облегчении монтер вытер полотенцем вспотевший лоб и оглядел комнату.

— Теперь надо щит искать.

— А чего его искать? — сказала правая.

— Он в стенном шкафу, — добавила левая. — За доской, ее отодрать надо.

— Эй, откуда вам это знать? — удивился я. — Таких вещей даже я не знаю!

— Так ведь это распределительный щит!

— Кто ж его не знает?

— Вы меня доведете, — сказал монтер.

Минут за десять работа была сделана. Близняшки сдвинулись вплотную и все это время о чем-то шушукались и хихикали. Это сбивало монтера с толку — ему несколько раз пришлось начать сначала. Когда он закончил, девчонки зашуршали под одеялом, натягивая футболки и джинсы, а потом отправились на кухню варить всем кофе.

Я предложил монтеру остатки датских булочек. Он страшно обрадовался и принялся их уминать.

— Спасибо. А то я с утра ничего не ел.

— Что, жены нету? — спросила 208.

— Почему нету, есть. Только ее в воскресенье не добудишься.

— Ничего себе! — 209.

— Будто это я сам придумал по воскресеньям работать!

— Может, вам яиц отварить? — спросил я в порыве сочувствия.

— Да нет, не надо... Что вы будете из-за меня...

— Почему из-за вас? Мы и себе заодно сварим.

— Эх, уговорили! В мешочек, пожалуйста...

Монтер чистил яйцо и продолжал разговор.

— Я за двадцать один год в разных квартирах побывал. Но такое впервые вижу.

— Что именно? — спросил я.

— Ну, как... Чтобы кто-то спал сразу с двумя, да еще и с близнецами. А это... По мужской-то части тяжело, наверное?

— Не тяжело, — ответил я, прихлебывая кофе из второй по счету чашки.

— Правда?

— Правда.

— Он у нас молодец! — сказала 208.

— Зверь просто! — 209.

— Доведете вы меня, — сказал монтер.

Ω

Похоже, мы его действительно довели. Иначе бы он не забыл у нас старый распределительный щит. А может, это он так расплатился с нами за завтрак. Как бы там ни было, девчонки играли этим щитом целый день. Одна превращалась в маму-собаку, другая в щенка — и обе беседовали о ка-кой-то абракадабре.

Не обращая на них внимания, я решил по-святить вторую половину дня взятым на дом переводам. Наши студенты сдавали сессию, им было не до подстрочников, поэтому работы на-копилась целая гора. Поначалу дело шло резво, но часов с трех темп начал падать, словно во мне сели батарейки, — а уж к четырем я иссяк окончательно. Не мог продвинуться ни на строч-ку.

Облокотившись на покрытый стеклом стол, я выпустил струю сигаретного дыма в потолок. Дым медленно клубился в мягком свете, как эк-топлазма. Под стеклом лежал календарик из бан-ка. «Сентябрь, 1973»... Сон какой-то. Я даже и не знал, что может существовать такой год, «семь-десят третий». Сама мысль о таком годе почему-то казалась неимоверно смешной.

— Что случилось? — спросила 208.

— Устал как черт. Кофе сделаете?

Они кивнули и ушли на кухню. Одна приня-лась с хрустом молоть зерна, другая вскипятила воду и нагрела чашки. Мы сидели рядышком на полу под окном и пили горячий кофе.

— Не получается что-нибудь? — спросила 209.

— Типа того.

— Совсем слабенький. — 208.

— Кто?

— Распределительный щит.

— Мама-собака.

Я вздохнул глубоко-глубоко.

— Серьезно?

Они закивали.

— Скоро умрет.

— Да.

— Что же нам делать?

Они замотали головами.

— Не знаем!

Я молча закурил.

— Слушайте, может нам пойти погулять? Сегодня воскресенье, в гольф играли, наверное, мячиков потеряли много...

Еще час мы играли в трик-трак, а потом перелезли через проволочную сетку на пустое вечернее поле для гольфа. Я два раза просвистел «Как спокойно в деревне» Милдред Бэйли. «Хорошая песня!» — похвалили девчонки. Но ни одного мячика нам не попалось. Бывают такие дни. Не иначе, высшая категория соревновалась — у них мимо ничего не летит. А может, хозяева поля завели специальную собаку, натасканную на мячики. Так ничего и не найдя, мы пали духом и вернулись домой.

4

В самом конце длинного, извилистого мола одиноко стоял маяк. Он управлялся на расстоянии и был невелик — метра три в высоту. Им раньше пользовались несколько рыбацких лодок — пока море не загадили настолько, что вся рыба ушла от берегов. Порта же здесь никакого не было, несмотря на маяк. Когда-то на этом берегу лежали лодки — их поднимали сюда лебедкой по деревянным жердям. Невдалеке стояли три рыбацких дома. Мелкая рыбешка, наловленная утром среди волноломов, сушилась в ящиках.

Безрыбье, незаконность построек на муниципальной территории и вздорные требования соседей, недовольных рыбацкой деревней в черте города, сделали свое дело — рыбаки ушли. Это было в шестьдесят втором году. Куда они ушли, не знал никто. Три хибары снесли, а лодки даже не добрались до свалки — лежали в рощице поблизости, и в них играли дети.

Оставшись без рыбаков, маяк стал обслуживать яхты, курсирующие вдоль берега, и грузовые суда, заходящие в бухту переждать туман или тайфун. Кое на что он все-таки еще годился.

Черный силуэт маяка напоминал поставленный на землю колокол. Или же спину человека в глубоком раздумье. После захода солнца, когда в легких сумерках еще плавала голубизна, колокольная проушина загоралась оранжевым и начинала медленно вращаться. Маяк умел точно уловить правильный момент. Будь то на дивном закате или в туманной пелене дождя — он всегда схватывал единственно верную секунду. Ту секунду, когда свет уже перемешан с сумерками и сумерки вот-вот победят свет.

В детстве Крыса часто приходил сюда вечером — только для того, чтобы понаблюдать за этим моментом. Если волны были невысокими, он шел к маяку, пересчитывая на ходу старые каменные плиты. В прозрачной против ожидания воде можно было разглядеть стайки по-осеннему маленьких рыбок. Они делали круг-другой у мола, словно о чем-то прося, — и уплывали обратно в морскую глубь.

Дойдя, наконец, до маяка. Крыса усаживался на край мола и медленно глядел вокруг. По залитому синевой небу тянулись тонкие, словно проведенные кистью ниточки облаков. Синева была бесконечно глубокой — от такой глубины детские коленки невольно начинали дрожать. Так иногда дрожат от страха. Все было потрясающе отчетливым — и запах моря, и цвет неба. Крыса оглядывал панораму, подолгу останавливаясь на каждой детали, чтобы душа привыкла — а затем медленно оборачивался. И смотрел на свой мир, который теперь был полностью отрезан от него глубоким морем. Волноломы, белая полоска берега и зеленеющий сосновый лес казались сплющенными на фоне иссиня-черной горной гряды, которая четким профилем упиралась в небо.

По левую руку лежал огромный порт. Несколько кранов, плавучие доки, похожие на коробки склады, грузовые суда, многоэтажные здания... Справа же, вдоль изогнутой береговой линии, тянулся тихий спальный городок, далее гавань для яхт и старые склады винокурни, подходившие к промышленной зоне, из которой торчали шарообразные резервуары и фабричные трубы, окутывающие небо белым дымом. Там кончался мир десятилетнего Крысы.

Все свое детство он приходил к маяку по нескольку раз в год, с весны и до начала осени. Когда волны были высоки, то брызги мыли ему ботинки, над головой свистел ветер, а маленькие ножки то и дело поскальзывались на поросших мхом плитах. Но Крыса ни на что не променял бы дорогу к маяку. Он садился на край мола, вслушивался в волны, следил за облаками и рыбьими стайками, доставал из кармана камушки и бросал в море.

Когда небо начинало темнеть, Крыса той же дорогой возвращался в свой мир. И всякий раз на пути обратно его душу охватывала неизъяснимая грусть. Мир, ожидавший его на этом пути, был широк, был огромен — но для Крысы в нем не находилось ни единого свободного местечка.

Женщина жила в доме неподалеку от мола. Когда Крыса приезжал к ней, ему вспоминались эти детские, плохо уловимые мысли, а вместе с ними — запахи тех вечеров. Припарковавшись на набережной, он шел через редкую сосновую рощу, посаженную для защиты от песчаных заносов. Песок под ногами сухо хрустел.

Дом был построен на месте бывшей рыбачьей хибары. Казалось, стоит прокопать здесь яму в несколько метров — и ее заполнит бурая морская вода. Канна[1], растущая в скверике перед домом, была чахлой и вялой, словно ее кто-то топтал ногами. Женщина жила на втором этаже; в ветреные дни россыпи мелкого песка стучались в оконное стекло. Ее чистенькая квартирка была обращена к югу, но атмосфера в ней все равно почему-то оставалась мрачной. Все из-за моря, — объясняла женщина. Слишком уж близко. Соль, ветер, прибой шумит, рыбой пахнет... Все вместе.

— Да рыбой-то вроде не пахнет, — возражал Крыса.

— Пахнет! — говорила женщина, дергая за шнурок и со стуком опуская штору. — Поживи тут сам, а потом спорь.

В окно ударяла россыпь песка.

---

1   Декоративное садовое растение с крупными цветами.

5

Когда я был студентом, телефона в нашем блоке никто не имел. Да что там телефона — даже ластик имел далеко не каждый! Напротив кабинета заведующего стоял низенький столик, который нам уступила школа неподалеку, — и на нем располагался розовый телефонный аппарат. Единственный во всем блоке. Поэтому никому не было никакого дела до распределительного щита. Мирное время — мирная жизнь.

Кабинет заведующего был вечно пуст. Когда раздавался звонок, трубку брал кто-нибудь из жильцов — и бежал звать того, кому звонили. Понятно, что в неудобное время — например, в два часа ночи — трубку не брал никто. Телефон трезвонил как помешанный, как трубящий в предчувствии гибели слон, — однажды я насчитал тридцать два звонка, это был рекорд — и в конце концов умирал. Именно так — «умирал». Последний звонок пролетал по длинному коридору, рассасывался в ночной темноте — и все затопляла нежданная тишина. Она была неприятна. Каждый из нас, лежа на своем матрасе, задерживал дыхание и думал об умершем телефоне.

Полночные телефонные разговоры веселыми никогда не были. Кто-нибудь брал трубку и тихим голосом начинал:

— Ну хватит уже об этом... С чего ты взяла?.. Мне ничего другого не оставалось... Да не вру я, чего мне врать... Просто надоело уже... Ну да, нехорошо, согласен... Я и говорю... Понял, понял, буду теперь думать... Да ладно, не по телефону же...

Заморочек у каждого из нас было выше крыши. Заморочки падали с неба, как дождь; мы увлеченно их собирали и рассовывали по карманам. Что за нужда была в них, не пойму до сих пор. Наверное, мы с чем-нибудь их путали.

Еще приходили телеграммы. Часа в четыре ночи под окнами останавливался мотоцикл, и в коридоре раздавались грубые шаги. В чью-нибудь дверь стучали кулаком. В этом звуке мне чудился приход Бога Смерти. «Бомм, бомм...» Толпы человеческих существ лишали себя жизни, сходили с ума, топили души в омуте эпохи, жарились на медленном огне несуразных мыслей, мучали себя и друг друга. «Тысяча девятьсот семидесятый» — так назывался год.

♀

Я жил по соседству с кабинетом заведующего, а эта длинноволосая — на втором этаже, сбоку от лестницы. По числу звонивших ей она была нашей чемпионкой — из-за нее мне тысячи и тысячи раз приходилось одолевать пятнадцать скользких ступенек. Ей звонили все, кому не лень. Голоса учтивые и деловые, грустные и высокомерные — самые разные называли мне ее имя. Что за имя — забыл напрочь. Помню только, что оно было до прискорбия заурядным.

Подняв трубку, она всегда разговаривала низким, измученным голосом. До меня доносился лишь невнятный бубнеж. Она была красива, но в чертах лица имела что-то хмурое. Иногда при встрече мы с ней могли разминуться, не обменявшись ни единым словом. Она проходила мимо меня с таким видом, будто ехала по тропинке в глубоких джунглях, восседая на белом слоне.

♀

В нашем блоке она жила около полугода — с начала осени и до конца зимы.

Я брал трубку, потом поднимался по лестнице и стучал в ее дверь. «К телефону!» — говорил я. «Спасибо», — отвечала она через некоторое время. Кроме этого «спасибо» мне от нее ничего слышать не доводилось. Впрочем, и ей от меня ничего не перепадало, кроме как «к телефону».

Я тоже был одинок той зимой. Я приходил домой, раздевался — и появлялось такое чувство, будто мои кости повсюду прокалывают кожу и вырываются на белый свет. Непонятная сила, жившая внутри меня, продолжала двигать совсем не туда, куда надо, — можно было подумать, что она норовит утащить меня в какой-то другой мир.

Когда звонил телефон, моя мысль была следующей: вот кто-то хочет кому-то что-то сказать. Самому же мне практически не звонили. Не было желающих что-либо мне говорить. По крайней мере, не было желающих сказать мне то, что я хотел бы услышать.

В большей степени или в меньшей, но каждый из нас запускается в жизнь по определенной схеме. Когда чья-то схема слишком отличается от моей — я злюсь. Когда слишком похожа — расстраиваюсь. Вот, собственно, и все.

176

♀

Последний раз я позвал ее к телефону в конце зимы. Ясным субботним утром первых чисел марта. Было уже часов десять — разбросанный солнцем прозрачный зимний свет лежал во всех углах моей тесной комнаты. Пока в голове у меня тупо звучали телефонные звонки, я смотрел на огород с капустой — вид на него открывался из окна над кроватью. На черной земле тут и там, подобно лужам, белел нестаявший снег. Последний снег, последнее дуновение холода.

И после десяти звонков трубку никто не взял. Телефон замолк, но спустя пять минут затрезвонил снова. Мне это надоело — я набросил кардиган поверх пижамы, открыл дверь и взял трубку.

— Нельзя ли поговорить с ...... ? — произнес мужской голос. Бедный интонациями, безликий голос. Я промямлил что-то в ответ, медленно поднялся по лестнице и постучал в ее дверь.

— К телефону!

— Спасибо.

Вернувшись к себе, я растянулся на кровати и уставился в потолок. Зазвучали ее шаги, и вслед за ними — обычное «бу-бу-бу». Разговор был короче обычного. Секунд пятнадцать, не больше. Я слышал, как она положила трубку — а после этого наступила тишина. Никаких шагов.

Шаги послышались чуть позже — они медленно приблизились к моей комнате. В дверь постучали. Два удара — с промежутком между ними, достаточным для глубокого вздоха.

Я открыл дверь. Она стояла на пороге в джинсах и свитере из толстой белой шерсти. В первое мгновение я подумал, что позвал ее к телефону по ошибке, а на самом деле звонили вовсе не ей. Но она ничего не говорила. Крепко сжав сложенные на груди руки, она мелко дрожала и смотрела на меня. Так смотрят со спасательной шлюпки на тонущее судно. То есть, нет — скорее, наоборот.

— Можно? — спросила она. — Холодно, умираю...

Ничего еще не понимая, я впустил ее и закрыл дверь. Она присела перед газовым обогревателем, протянула руки к теплу и оглядела мое жилище.

— Вот так комната! Ничего нету...

Я кивнул. В моей комнате действительно ничего не было. Только кровать под окном. Слишком широкая для одиночной и слишком узкая для полуторной. Но даже кровать покупал не я, она досталась мне от товарища. Не пойму, почему он отдал ее мне — мы ведь не были особенно близки. Мы даже с ним почти не разговаривали. Он был сыном какого-то провинциального богатея — а из университета ушел после того, как подрался на кампусе с чужой компанией, получил по физиономии сапогом и повредил глаз. Когда я встречал его в медпункте, он вечно икал, что выводило меня из себя. Через несколько дней он сказал, что уезжает домой. И отдал мне свою кровать.

— Есть выпить чего-нибудь горячего? — спросила она. Я помотал головой. У меня ничего не было. Ни кофе, ни чая, ни даже чайника. Была только маленькая кастрюлька, в которой я каждое утро кипятил воду для бритья. «Подожди немножко», — сказала она со вздохом, поднялась и вышла — а через пять минут вернулась, неся обеими руками картонную коробку. В коробке ле-

жал полугодовой запас черного и зеленого чая,
две пачки бисквитного печенья, сахарный песок,
чайник, несколько ложек и два высоких стакана
с нарисованными на них Снупи. Взгромоздив
коробку на кровать, она вскипятила чайник.

— Ты как тут жив-то вообще? Прямо Робин-
зон Крузо...

— Да, невесело.

— Заметно.

Мы молча пили с ней горячий чай.

— Это я все тебе оставлю.

От удивления я поперхнулся.

— С какой стати?

— Ты же меня позвал к телефону. Отблагода-
рить хочу.

— А тебе самой разве не нужно?

Она несколько раз покачала головой.

— Завтра переезжаю. Теперь ничего не нужно.

Я молчал, пытаясь увязать одно с другим.
Было совершенно непонятно, что же с ней такое
случилось.

— Это для тебя хорошо? Или плохо?

— Хорошего мало. Из университета ухожу,
домой уезжаю...

Заполнявшие комнату лучи зимнего солнца
потускнели, затем снова ожили.

— А разве тебе интересно? Я на твоем месте
ничего бы не спрашивала. Что это за удовольствие — пить из посуды того, кто оставил о себе
тяжелую память?

Утром следующего дня шел холодный дождь. Он
не был сильным, но все же пробрался ко мне
под плащ и намочил свитер. Ее большой саквоя-
яж, который я нес, чемодан и сумка через плечо — все вымокло и почернело. «Не ставьте на

сиденье», — хмуро сказал таксист. Воздух в салоне был спертым от обогревателя и табачного дыма. В радиоприемнике завывала старая «энка»[1]. Древняя, как механические поворотники на машинах. По обеим сторонам дороги стояли облетевшие деревья разных пород — они топорщили мокрые ветки, словно кораллы на морском дне.

— Как не понравился мне Токио с самого начала, так и не могу к нему привыкнуть.

— Да?..

— Разве это пейзаж? Земля черная, речки грязные, гор вообще нет... А ты?

— А я вообще никаких пейзажей не люблю.

Она вздохнула и рассмеялась.

— Ты не пропадешь.

Я донес ее багаж до платформы. Она меня поблагодарила.

— Дальше одна поеду.

— А куда?

— Далеко, на север.

— Там же холодно!

— Ничего, привыкнуть можно...

Когда поезд тронулся, она помахала из окна. Я тоже поднял руку на уровень уха. А когда поезд скрылся, то не знал, куда деть поднятую руку, и просто сунул ее в карман плаща.

Дождь не прекращался даже с темнотой. В винном магазине неподалеку я купил две бутылки пива и наполнил оставленный ею стакан. Тело казалось промерзшим до мозга костей. Нарисованные на стакане Снупи и Вудсток весело резвились на крыше конуры — а над ними красовались надувные буквы:

«Счастье — это теплая компания».

[1] Японская песенная баллада.

Ω

Когда я проснулся, близняшки сладко спали. Было три часа ночи. Сквозь окошко туалета светила неестественно яркая осенняя луна. Присев на край кухонной раковины, я выпил два стакана водопроводной воды, а потом прикурил от газовой плитки. С освещенного лунным светом гольфового поля, переплетаясь один с другим, неслись голоса осенних насекомых — их там были тысячи.

У раковины стоял распределительный щит — я взял его в руки и внимательно рассмотрел. Можно было вывернуть его хоть наизнанку — он все равно оставался бессмысленной пыльной железякой. Я поставил его обратно, отряхнул от пыли руки и затянулся. В лунном свете все выглядело бледным. Казалось, любая вещь утратила цену, смысл и направление. Даже тени были какими-то недостоверными. Я запихал окурок в раковину и зажег вторую сигарету.

Куда мне идти, где отыскать собственное место? Где оно может быть? Долгое время единственным таким местом мне представлялся двухместный самолет-торпедоносец. Но ведь это суррогат, глупость — самые лучшие торпедоносцы устарели еще тридцать лет назад...

Вернувшись в спальню, я нырнул в постель между близняшками. Свернувшись калачиком и повернувшись спинами друг к дружке, они посапывали во сне. Я натянул на себя одеяло и уставился в потолок.

6

Женщина закрыла за собой дверь ванной. Вслед за этим послышалось журчание воды. Не успев еще прийти в себя, Крыса приподнялся на простыни, сунул в рот сигарету и пустился на поиски зажигалки. На столе ее не было, в кармане брюк тоже. Не было даже ни одной спички. В дамской сумочке тоже ничего не нашлось. Пришлось обследовать стол. Крыса выдвинул ящик, порылся — и, найдя старые картонные спички с названием какого-то ресторана, извлек огонь.

На плетеном стуле у окна были аккуратно сложены ее чулки и белье, а на спинке висело хорошо сшитое платье горчичного цвета. На столике у кровати лежали маленькие часики и сумочка — уже не новая, но в хорошем состоянии.

Не вынимая сигареты изо рта, Крыса опустился на плетеный стул и уставился в окно.

Дом Крысы стоял на склоне горы — в сумерках оттуда хорошо было наблюдать разбросанные тут и там объекты человеческой деятельности. Иногда Крыса упирал руки в поясницу и, сосредоточившись, часами смотрел на вечерний пейзаж — как оценивающий поле игрок в гольф. Склон медленно шел вниз, собирая огоньки редких жилищ. Темный лесок, потом небольшой холмик, кое-где вода персональных бассейнов в белом свете ртутных ламп. Когда склон наконец переходил в легкую покатость, его пересекала змеистая скоростная дорога — как светящийся пояс, привязанный к земле. Оставшийся до берега километр занимали ровные ряды домов — а дальше начиналось море. Когда темнота моря и темнота неба растворялись друг в друге настолько, что граница между ними пропадала, в этой темноте загорался оранжевый фонарь маяка — загорался, чтобы вскоре погаснуть. Границу, снова ставшую четкой, пронзала темная линия. Это впадала в море река.

♀

Крыса впервые встретился с этой женщиной, когда небо еще удерживало остатки летнего блеска — в начале сентября.

В разделе «куплю-продам» местной еженедельной газеты среди детских манежей, лингафонных записей и трехколесных велосипедов он наткнулся на объявление о продаже электрической пишущей машинки. К телефону подошла женщина и деловым тоном сообщила: машинка куплена год назад, гарантии осталось еще на год, платить не в рассрочку, а сразу, как придете за ней, Завершив переговоры, Крыса поехал к женщине, выплатил деньги и получил свою машинку. Деньги небольшие — такую сумму можно нахалтурить за лето.

Невысокая и стройная, она была одета в красивое платье без рукавов. В прихожей стояла вереница горшков с растениями всех цветов и форм. Черты лица у нее были правильные, а волосы завязаны сзади узлом. Возраст определению не поддавался. Может, двадцать два — а может, двадцать восемь.

Через три дня она позвонила. У нее нашлось с полдюжины лент для машинки, и она предлагала их тоже взять. Крыса ленты взял, а в благодарность сводил ее в «Джейз-бар», где угостил коктейлями. Но на этом дело не кончилось.

В третий раз они встретились еще через четыре дня, в городском крытом бассейне. Крыса подвез ее на машине до дома — и остался на ночь. Как это получилось, он и сам не знал. Он даже не помнил, кому принадлежала инициатива. Все очень походило на движение воздуха.

Когда прошло еще некоторое время, возникшие отношения мягким клином вошли в повседневность Крысы и раздули в нем ощущение жизни. Теперь его что-то постоянно покалывало. Стоило всплыть в памяти обвившим его миниатюрным рукам — и по сердцу разливалось нежное, давно забытое чувство.

Было заметно, как она изо всех сил старается соответствовать какому-то идеалу — хотя бы в своем маленьком мирке. Крыса видел, как нелегки для нее эти старания. Она вовсе не была эффектной женщиной, но одевалась со вкусом, белье носила опрятное, душилась одеколоном с ароматом утреннего виноградника, в разговоре выбирала слова, лишних вопросов не задавала — а улыбалась так, словно многократно отработала улыбку перед зеркалом. После нескольких встреч Крыса решил, что ей двадцать семь. И попал в самое яблочко.

У нее была маленькая грудь и стройное тело, покрытое красивым загаром. При этом она говорила, что не старалась загореть — загар приставал к ней сам. За острыми скулами и тонкими губами чувствовалось хорошее воспитание и сила натуры — но стоило ее лицу от чего-то дрогнуть, как тут же вздрагивало все тело, выдавая глубоко спрятанную и ничем не защищенную наивность.

Она говорила, что закончила архитектурный факультет университета искусств и работает в проектном бюро. Где родилась? Не здесь. Сюда приехала после выпуска. Раз в неделю плавает в бассейне, а по воскресеньям садится в электричку и едет куда-то играть на альте.

Субботними вечерами они встречались. Следующий, воскресный день Крыса проводил в полном одурении. А она играла Моцарта.

7

Я простудился и три дня болел, а работы за это время накопилась целая куча. В горле першило, и не только в горле — меня будто всего натерли наждачкой. Вокруг стола были навалены муравейники из бумаг, рекламных проспектов, журналов и брошюр. Явился напарник, пробормотал какие-то слова из тех, что принято говорить при визите к больному, — и ушел обратно в свою комнату. Как всегда, секретарша принесла горячий кофе и две булочки, поставила все это на стол и испарилась. Сигарет я купить забыл, поэтому стрельнул у напарника пачку «Seven Star», оторвал фильтр и прикурил с неправильного конца. Небо было каким-то туманно-пасмурным — не понять, где кончается воздух и начинаются тучи. Пахло так, будто на улице пытались жечь костры из сырых листьев. А может, это мне чудилось от температуры.

Я глубоко вздохнул и принялся разгребать ближайшую муравьиную кучу. В ней все было помечено штампом «срочно» — под каждым таким штампом стояло число, к которому нужно сдать перевод. Хорошо то, что срочная куча оказалась только одна. А самое главное — ничего не надо было сдавать через два или три дня. Все больше через неделю, через две. Если половину отдать на подстрочники, времени хватит. Я начал перекладывать содержимое кучи в нужном порядке. Из-за этого куча стала еще неустойчивее. Теперь ее очертания напоминали график на первой странице газеты: поддержка кабинета министров различными возрастными и половыми группами. Содержание тоже не отличалось однородностью.

① Чарльз Рэнкин
• «Вопросы ученым», том «Животные»
• со стр. 68 «Зачем кошки умываются» до стр. 89 «Как медведь ловит рыбу»
• закончить к 12 октября

② Американское общество ухода за больными
• «Разговор с умирающим»
• 16 страниц
• закончить к 19 октября

③ Фрэнк Десит-младший
• «Болезни писателей», гл. 3 «Писатели, страдавшие от сенной лихорадки»
• 23 страницы
• закончить к 23 октября

④ Рене Клэр
• «Итальянская соломенная шляпка» (английская версия; сценарий)
• 39 страниц
• закончить к 26 октября

Фамилий заказчиков не значилось — и это было досадно. Я даже примерно не мог вообразить, кому могли понадобиться (да еще срочно) переводы подобных текстов. Можно было подумать, какой-нибудь медведь стоит столбиком на речном берегу и не может дождаться моего перевода. Или какая-нибудь медсестра сидит перед умирающим не в силах выдавить словечко — и ждет, ждет...

Я бросил перед собой фотографию умывающейся кошки и стал пить кофе, заедая его булочкой с пластилиновым вкусом. Голова мало-помалу прояснялась, хотя руки-ноги после температуры еще слушались неважно. Из ящика стола я вытащил альпинистский нож и начал затачивать карандаши. Я делал это старательно и долго, заточил шесть штук — и только после этого неспешно принялся за работу.

Под кассету со старыми записями Стэна Гетца я проработал до полудня. Стэн Гетц, Эл Хейг, Джимми Рэйни, Тэдди Котик, Тайни Кан — отличный состав. Когда они играли «Jumping With The Symphony Sid», я просвистел вместе с Гетцем все его соло — мое самочувствие после этого сильно улучшилось.

В обеденный перерыв я выбрался на улицу, прошел немного вниз по спуску, съел жареную рыбу в битком набитом ресторане, а в забегаловке с гамбургерами выпил один за другим два стакана апельсинового сока. Потом зашел в зоомагазин и, сунув палец в щель между стекол, минут десять играл с абиссинской кошкой. Обычный обеденный перерыв, всё как всегда.

Вернувшись в контору, я развернул утреннюю газету и пялился в нее до часу дня. Потом еще раз заточил все шесть карандашей, чтобы хватило до вечера. Оторвал фильтры у оставшихся сигарет и разложил их на столе. Секретарша принесла горячий зеленый чай.

— Как самочувствие?

— Неплохо.

— А с работой как?

— Лучше некуда.

Небо по-прежнему было пасмурным и тусклым. Его серый цвет даже несколько сгустился по сравнению с первой половиной дня. Высунув голову в окно, я почувствовал, что скоро заморосит. Несколько осенних птиц рассекали небо. Все вокруг тонуло в гуле и стоне большого города, который складывался из бесчисленных звуков поездов метро, автомобилей с надземных трасс, жарящихся гамбургеров и автоматических дверей — открывающихся и закрывающихся.

Я затворил окно, сунул в кассетник Чарли Паркера — и под «Just Friends» стал переводить главу «Когда спят перелетные птицы».

В четыре я закончил работу, отдал секретарше сделанное за день и вышел на улицу. Зонтик брать не стал — надел легкий плащ, когда-то специально оставленный на работе для такого случая. На вокзале купил вечернюю газету, влез в переполненный поезд и трясся в нем около часа. Даже в вагоне ощущался запах дождя — хотя не упало еще ни капли.

В супермаркете у станции я купил продуктов к ужину — и только тогда начался дождь. Мельчайший, невидимый глазу, он мало-помалу выкрасил тротуар у меня под ногами в пепельно-дождевой цвет. Уточнив время отправления автобуса, я зашел в закусочную неподалеку и взял кофе. Внутри было многолюдно, и дождем пахло уже по-настоящему. И блузка официантки, и кофе — все пахло дождем.

В вечерних сумерках робкими точечками загорелись фонари, взявшие в кольцо автобусную остановку. Там останавливались и снова трогались автобусы — как гигантские форели, снующие взад-вперед по горной реке. Наполненные клерками, студентами и домохозяйками, они растворялись в полусумраке один за другим. Мимо моего окна прошла женщина средних лет, волоча за собой черную-пречерную немецкую овчарку. Прошло несколько мальчишек с резиновыми мячиками — они лупили их о землю и ловили. Я погасил пятую сигарету и допил последний глоток холодного кофе.

А потом внимательно посмотрел на свое отражение в оконном стекле. Глаза от температуры ввалились внутрь. Это ладно... Лицо потемнело от вылезшей к половине шестого щетины. И это бы ничего... А только все равно — лицо выглядело совершенно не моим. Это было лицо мужчины двадцати четырех лет, случайно севшего против меня в поезде по пути на работу. Для кого-то другого мое лицо и моя душа — не более чем бессмысленный труп. Моя душа и душа кого-то другого всегда норовят разминуться. «Эй!» — говорю я. «Эй!» — откликается отражение. Только и всего. Никто не поднимает руки. И никто не оглядывается.

Если вставить мне в каждое ухо по цветку гардении, а на руки надеть ласты, то тогда, возможно, несколько человек и оглянулось бы. Но и только. Через три шага и они забыли бы. Собственные глаза ничего не видят. И мои глаза тоже. Я словно опустошен. Наверное, я уже ничего и никому не смогу дать.

$$Q$$

Близняшки меня ждали.

Сунув одной из них коричневый пакет из супермаркета и не вынимая изо рта сигареты, я

полез в душ. Намыливаться не стал, просто стоял под струями и тупо смотрел на выложенную
плиткой стену. В темной ванной с перегоревшей
лампочкой по стенам что-то бегало и исчезало.
Какие-то тени — они уже не могли ни тронуть
меня, ни чего-либо навеять.

Я вышел из ванной, вытерся и упал на кровать. Простыня была кораллового цвета — свежевыстиранная, без единой морщинки. Пуская
в потолок табачный дым, я принялся вспоминать, что сделал за день. Близняшки тем временем резали овощи, жарили мясо и варили рис.

— Пива хочешь? — спросила меня одна.

— Ага.

Та, на которой была футболка «208», принесла мне в кровать пиво и стакан.

— А музыку?

— Хорошо бы.

С полки пластинок она достала «Сонату для
флейты» Генделя, поставила на проигрыватель и
опустила иглу. Эту пластинку мне подарила под-
ружка — несколько лет назад, на Валентинов день.
Между флейтой, альтом и клавесином вклини-
лось шкворчащее мясо, словно выводя басовую
партию. С подружкой мы несколько раз занимались сексом под эту пластинку. Молча и долго —
до конца записи, когда от музыки оставалось
только сухое потрескивание иглы.

Дождь за окном беззвучно заливал темное
поле для гольфа. Я допил пиво, Ганс Мартин
Линде досвистел до последней ноты сонату фа-
минор — и ужин был готов. Все мы в этот вечер
почему-то были на редкость молчаливы. Пластинка уже кончилась, в комнате только и слы-
шалось, как дождь лупит по козырьку, да три человека жуют мясо. После ужина близняшки уб-

рали со стола и сварили на кухне кофе. И мы снова пили его втроем. Он был горячий, ароматный, будто наделенный жизнью. Одна встала, чтобы поставить пластинку. Это оказались «Битлз», «Rubber Soul».

— Не помню у себя такой пластинки! — удивился я.

— Это мы купили!

— Накопили денег из тех, что ты нам давал. Понемножку.

Я покачал головой.

— Не любишь «Битлз»?

Я молчал.

— Жалко. Мы думали, ты обрадуешься.

— Извините...

Одна встала и остановила проигрыватель. С серьезным видом смахнула пыль с пластинки и засунула ее в конверт. Все замолчали. У меня вырвался вздох.

— Нечаянно вышло, — начал я оправдываться. — Устал немного, раздражаюсь... Давайте еще раз послушаем.

Они переглянулись и рассмеялись.

— Да ты не стесняйся! Это ведь твой дом...

— Ты на нас внимания не обращай!..

— Правда, давайте еще раз.

В конце концов, мы за кофе прослушали обе стороны «Rubber Soul». Я смог немного расслабиться. Девчонки, кажется, тоже повеселели.

После кофе они поставили мне градусник. Обе по нескольку раз проверяли, сколько набегает. Набежало тридцать семь и пять — на полградуса больше, чем утром. В голове был туман.

— Это потому что ты в душ ходил.

— Тебе поспать надо.

И действительно. Я разделся, взял «Критику чистого разума», пачку сигарет — и нырнул с ними в постель. От одеяла исходил слабый запах солнца, Кант был прекрасен, как и всегда — но сигарета имела такой вкус, будто отсыревшую газету свернули в трубочку и жгут на газовой горелке. Я захлопнул книгу и, рассеянно слушая голоса девчонок, закрыл глаза, чтобы темнота втащила меня к себе.

8

Кладбищенский парк облюбовал для себя спокойную террасу недалеко от вершины горы. Меж могил вились густо посыпанные гравием дорожки, а стриженые кусты рододендрона тут и там напоминали щиплющих траву овец. По всей обширной площади стояли высокие ртутные фонари, закрученные, как часовые пружины. Они бросали во все углы неестественно белый свет.

Крыса остановил машину в роще на юго-восточном углу парка и, обняв женщину за плечи, смотрел с ней на ночной город, раскинувшийся внизу. Город был похож на густую светящуюся кашу, налитую в плоскую форму. Или на золотую пыльцу, которую разбросал исполинский мотылек.

Женщина стояла, прислонившись к Крысе и закрыв глаза, будто спала. Своим боком Крыса остро чувствовал тяжесть ее тела. Необыкновенную тяжесть. Любовь к мужчине, рождение ребенка, старение и смерть — целое существование заключалось в этой тяжести. Одной рукой Крыса достал пачку сигарет и закурил. Время от времени с моря прилетал ветер, взбирался по склону и тряс иголками в сосновой роще. Женщина, похоже, и вправду спала. Крыса коснулся рукой ее щеки, тронул пальцем тонкие губы. И ощутил влажное, горячее дыхание.

Кладбищенский парк скорее походил на покинутый жителями город, чем на кладбище. Больше половины площади пустовало. Те, кто застолбил здесь место для себя, были еще живы. Иногда по воскресеньям они приезжали сюда с семьями, чтобы проведать место, где когда-нибудь будут спать. Глядя на кладбище с точки повыше, они думали: что ж, вид отсюда неплохой, цветы по сезону, воздух чистый, за газоном ухаживают, даже разбрызгиватели стоят, бродячие собаки тоже не бегают, приношения с могил не таскают. А самое главное — светло и гигиенично. Довольные увиденным, они садились на скамейку, съедали принесенный в коробке обед — и возвращались обратно в суматошную повседневность.

Утром и вечером появлялся смотритель — длинной палкой с плоской лопаткой на конце он разравнивал гравий на дорожках. Потом шел к пруду в середине парка и прогонял оттуда детей, глазеющих на карпов. Вдобавок, три раза в день — в девять, двенадцать и шесть — из парковых динамиков неслись звуки музыкальной шкатулки, игравшей «Старого Черного Джо». Что за смысл был в этой музыке, Крыса не знал. Но картина безлюдного вечернего кладбища, над которым разносится «Старый Черный Джо», стоила многого.

В половине седьмого смотритель садился в автобус и уезжал в нижний мир. Кладбище погружалось в полное молчание. После этого несколько пар приезжало на машинах, чтобы заняться в них любовью. С наступлением лета в рощице всегда стояло несколько автомобилей.

Кладбищенский парк и в юности казался Крысе местом, исполненным глубокого смысла.

Еще школьником, без права водить машину, он много раз приезжал сюда на спортивном мотоцикле с разными девчонками за спиной, поднимаясь по склону вдоль речного берега. И здесь, обнимая своих девчонок, смотрел все на те же городские огни. Всевозможные запахи подлетали к его ноздрям и сразу таяли. Всевозможные мечты, всевозможные горести, всевозможные обещания... Рано или поздно таяло все.

Стоило оглянуться, и было видно, как смерть то здесь, то там пускает корни на этой широкой площадке. Иногда Крыса брал руку девчонки в свою, и они бесцельно бродили по дорожкам этого серьезного парка. Смерть, несущая на себе имена, даты и прошедшие жизни, повторялась, как ряды кустов, через правильные промежутки — ей не было видно конца. Для лежавших здесь не существовало ни шелеста ветра, ни запахов, у них не было даже щупалец, чтобы протянуть их в темноту. Они походили на утерявшие время деревья. Они не имели ни мыслей, ни даже слов для каких-то мыслей. Они оставили все это тем, кто их пережил. Крыса с девчонкой возвращались в рощицу и крепко обнимали друг друга. Соленый ветер с моря, запах листвы и сверчки в траве — печаль этого мира, продолжающего жить, заполняла собой все вокруг.

— Я долго спала? — спросила женщина.

— Нет, — ответил Крыса. — Совсем чуть-чуть.

9

Еще один день — и все то же самое. Будто где-то ошиблись, загибая складку.

Весь день пахло осенью. Закончив в обычное время работу и вернувшись домой, близняшек я там не обнаружил. Как был в носках, я завалился на кровать и стал рассеянно курить. Хотелось поразмышлять о многих вещах — но ни одной мысли в голове не возникало. Я вздохнул, сел в кровати и некоторое время созерцал белую стену напротив. Было совершенно неясно, чем заняться. Нельзя же до бесконечности пялиться в стену, — сказал я себе. Помогло это мало. Правильно говорил профессор, у которого я писал диплом. Стиль хороший, — говорил он, — аргументация грамотная. Но нет темы. Да, именно так. С самого начала своей самостоятельной жизни я не мог уразуметь, как мне обращаться с самим собой.

Чудеса, да и только. Ведь сколько уже лет я живу один. Но не могу вспомнить такого, чтобы все шло, как надо. Двадцать четыре года — не такой уж короткий срок, чтобы выпасть из памяти. Словно в разгар поисков забыл, что именно ищешь. А что, собственно, я искал? Штопор? Старое письмо? Квитанцию? Ухочистку?

Оставив эти мысли, я взял Канта, лежавшего в изголовье. Из книги выпала записка с почерком близняшек: «Ушли гулять на поле для гольфа». Я заволновался. Им же было сказано: без меня туда не ходить. Там бывает опасно, если не знаешь, что к чему. Шальной мячик может прилететь.

Обувшись и натянув свитер, я вышел на улицу и перелез через сетку ограждения. По волнистому полю дошел до двенадцатой лунки, миновал павильон для отдыха, прошел сквозь рощицу на западном краю. Свет заходящего солнца лился на траву сквозь просветы между деревьями. Недалеко от десятой лунки был вырыт песчаный бункер, напоминавший по форме гантель, а в нем валялся пустой пакет из-под бисквитов с кофейным кремом, явно брошенный туда моими девчонками. Я свернул его в трубочку и сунул в карман. Пятясь, стер с песка следы всех троих. Перешел ручей по деревянному мостику, влез на пригорок — и наконец их увидел. В пригорок с той стороны был вделан эскалатор; они сидели на его ступеньках и играли в трик-трак.

— Одним здесь опасно, я разве не говорил?

— Закат очень красивый! — оправдываясь, сказала одна.

Мы прошли вниз по эскалатору, уселись на поляне, сплошь поросшей мискантом, и стали наблюдать закат. Зрелище и в самом деле было великолепным.

— Бросать мусор в бункер нельзя! — сказал я.

— Извини, — ответили обе.

— Вон, гляньте, как я однажды порезался! — Я показал им кончик указательного пальца левой руки с семимиллиметровым шрамом, похожим на белую нитку. — Еще в младших классах. Кто-то разбитую бутылку из-под лимонада в песок закопал.

198

Они закивали.

— Конечно, пакетом от бисквитов вы не порежетесь. Но все равно: в песок ничего бросать нельзя! Песок должен быть свято чист!

— Понятно, — сказала одна.

— Больше не будем, — добавила другая. — А ты еще что-нибудь порезал?

— Конечно!

Я показал им все свои ранения. Это был целый травматологический каталог. Вот левый глаз — мне в него футбольным мячом заехали. До сих пор на сетчатке след. Вот на носу шрам — это тоже футбол. Боролся за верхний мяч, и соперник зубами попал мне по носу. Вот семь швов на нижней губе. Это я с велосипеда упал, уворачивался от грузовика. А вот выбитый зуб...

Разлегшись на прохладной траве, мы слушали, как поют на ветру стебли мисканта.

Когда совсем стемнело, мы вернулись домой поесть. К тому моменту, как я принял ванну и выпил банку пива, пожарились три или четыре горбуши. Сбоку от них лежала консервированная спаржа и огромные листья кресс-салата. Вкус горбуши мне что-то напоминал — какую-то горную тропинку из давно прошедшего лета. Мы хорошо потрудились, обглодали всю рыбу дочиста. На тарелке остались только белые косточки и большие стебли кресса, похожие на карандаши. Девчонки быстренько вымыли посуду и сделали кофе.

— Давайте поговорим о распределительном щите, — предложил я. — Что-то он меня беспокоит.

Они покивали.

— Почему, интересно, он при смерти?

— Надышался чем-нибудь, не иначе.

— Или прокололся.

Держа в левой руке чашку кофе, а в правой сигарету, я немного подумал.

— Что делать-то будем?

Они переглянулись и замотали головами:

— Ничего уже не сделаешь!

— Могила!

— Ты сепсис у кошки когда-нибудь видел?

— Нет, — сказал я.

— Она становится твердая, как камень. Не сразу вся, а постепенно, это долго тянется. И в конце концов останавливается сердце.

Я глубоко вздохнул.

— И что же — так и дать ему помереть?

— Чувства понятные, — сказала одна. — Но ты сильно-то не переживай, надорвешься...

Сказано это было таким же безмятежным тоном, каким в бесснежную зиму уговаривают плюнуть на горные лыжи. Я и плюнул. И принялся за кофе.

10

В среду сон начался в девять вечера, прервался в одиннадцать — и дальше ни в какую не приходил. Голову что-то сжимало, точно на нее надели шапку двумя размерами меньше. Неприятное ощущение. Крысе надоело лежать, он прошел в пижаме на кухню и глотнул ледяной воды. После чего задумался о своей женщине. Стоя у окна, он взглянул на светящийся маяк, проследовал взглядом по темному волнолому — и стал смотреть на то место, где стоял ее дом. Ему вспоминался плеск волн, ударявших в темноту, шуршание скопившегося за окном песка... Собственная привычка бесконечно размышлять, не продвигаясь вперед ни на сантиметр, вдруг показалась ему отвратительной.

Они начали встречаться — и жизнь Крысы превратилась в нескончаемый цикл одинаковых недель. Ощущение времени исчезло. Сколько уже месяцев? Наверное, десять. Не вспомнить... В субботу — встреча с ней. С воскресенья до вторника — три дня сплошных воспоминаний. В четверг и пятницу, плюс первая половина субботы — планирование предстоящего вечера. Лишь в среду остается бродить неприкаянным, тычась в углы. И будущего не приблизишь, и прошлое уже далеко. Среда...

Отрешенно покурив минут десять, Крыса снял пижаму, надел рубашку, ветровку — и спустился в подземный гараж. На полночных улицах не было почти ни души. Одни только фонари, освещавшие черные тротуары. Вход в «Джейз-бар» закрывала металлическая штора; Крыса поднял ее до середины, пролез внутрь и спустился по лестнице.

Развесив на спинках стульев дюжину выстиранных полотенец, Джей в одиночестве сидел за стойкой и курил.

— Бутылочку пива можно выпить?

— Да пей, конечно! — приветливо отозвался Джей.

Крыса впервые пришел в «Джейз-бар» после закрытия. Свет горел только над стойкой, вентиляторы и кондиционеры молчали. Только запахи, за долгие годы впитавшиеся в пол и стены, неуловимо витали в воздухе.

Крыса зашел за стойку, достал из холодильника бутылку и наполнил стакан. Казалось, темное пространство бара состоит из тяжелых воздушных слоев, остывших и сырых.

— Я сегодня приходить не собирался, — словно извиняясь, сказал Крыса. — Но вдруг проснулся и пива захотел ужасно. Я ненадолго.

Джей сложил на стойке газету и смахнул пепел, упавший на брюки.

— Пей, не торопись. Если голодный, могу что-нибудь сготовить...

— Да ну, не надо... Мне и пива хватит... Не обращай внимания.

Пиво оказалось замечательным. Крыса залпом осушил стакан, перевел дух. Потом вылил в стакан оставшуюся половину и стал внимательно смотреть, как оседает пена.

— Может, хочешь вместе со мной выпить? — осторожно спросил он.

Джей улыбнулся, как бы в легком затруднении.

— Спасибо. Только я не пью ни капли.

— А я и не знал...

— Уродился таким. Не принимает организм...

Крыса покивал и молча отхлебнул пива. Он снова с удивлением подумал, что почти ничего не знает об этом бармене-китайце. Впрочем, и никто о нем толком ничего не знал. Джей был человек необыкновенно тихий. Сам о себе никогда не рассказывал — а если кто-нибудь спрашивал, то Джей отвечал с такой осторожностью, как если бы выдвигал ящик комода и боялся его уронить.

Все знали, что Джей китаец и родился в Китае — но в этом городе иностранцы отнюдь не были редкостью. Когда Крыса учился в старших классах, в одной футбольной команде с ним играли два китайца — один в нападении и один в обороне. Особого внимания на них никто не обращал.

— Без музыки скучно! — сказал Джей и бросил Крысе ключ от музыкального автомата. Крыса выбрал пять песен и вернулся за стойку к своему пиву. Из динамиков полилась старая мелодия Уэйна Ньютона.

— Ничего, что я тебя задерживаю? — спросил Крыса.

— Без разницы. Все равно никто не ждет.

— Один живешь?

— Ага...

Крыса вытащил из кармана сигарету, разгладил ее и закурил.

—Только кошка, — сказал Джей. — Старая уже, правда... Но поговорить с ней можно.

— Она у тебя что — говорящая?

Джей покивал.

— Мы ведь с ней очень давно друг друга зна-ем. Я ее настроение понимаю, а она мое.

Крыса помычал с сигаретой во рту. Музы-кальный автомат зашипел иглой и сменил плас-тинку на «Макартур-Парк».

— Слушай, а кошки о чем думают?

— О разном... Вот мы с тобой о чем думаем?

— Да уж, — засмеялся Крыса.

Джей тоже засмеялся. Помолчал немного, поводил пальцем по стойке.

— Она у меня однорукая.

— Однорукая?

— Я про кошку. Хромая она у меня. Года че-тыре назад, зимой дело было, пришла домой вся в крови. Вместо лапы — месиво, как мармелад.

Крыса поставил стакан на стойку и взглянул на Джея.

— А что с ней случилось?

— Не знаю. Сначала думал, под машину по-пала. Но на это непохоже. Колесом так не разда-вит — так можно только тисками зажать. Просто в лепешку превратили. Может, кто-то специаль-но мучил...

— Специально? — не веря своим ушам, пе-респросил Крыса. — Что за ерунда? Кошкину лапу... Зачем?

Джей постучал кончиком сигареты по стой-ке, вставил в зубы, закурил.

— Верно, какая необходимость калечить кошку? Кошка послушная, ничего от нее худо-го... Оттого, что изуродуешь ей лапу, ничего не выиграешь. Бессмысленно это, дико. Но такого беспричинного зла в мире — целые горы. Мне не понять, тебе не понять — а оно существу-ет, и все тут. Можно сказать, мы среди этого живем.

Глядя в стакан, Крыса еще раз покачал головой:

— Мне этого не понять никогда...

— Ну и ладно! Самое лучшее, что тут вообще можно сделать, — и не пытаться что-то понять.

С этими словами Джей выпустил струю табачного дыма туда, где обычно сидели посетители, а теперь было пусто и темно. Белый дым повисел в воздухе и бесследно растаял.

Некоторое время они сидели молча. Крыса безотрывно смотрел на стакан, о чем-то думая; Джей все так же водил пальцем по стойке. Музыкальный автомат добрался до последней песни. Сладкоголосые «Falsetto Boys» затянули соул-балладу.

— Слушай, Джей! — сказал Крыса, не отводя взгляда от стакана. — Я вот двадцать пять лет на свете живу — а чувство такое, что еще ни в чем не разобрался.

Некоторое время Джей, ни слова не говорил, рассматривая свои пальцы. Потом немножко ссутулился.

— А я сорок пять лет живу — и понял одну-единственную истину. Знаешь, какую? Такую, что человек при большом желании из чего угодно может извлечь урок. Из самых заурядных и банальных вещей извлечь урок всегда можно. Кто-то сказал, что даже в бритье присутствует своя философия. Собственно, никто в мире и не выжил бы, будь это не так.

Кивнув, Крыса допил три сантиметра пива, оставшиеся на дне стакана. Пластинка кончилась, музыкальный автомат щелкнул, и бар снова погрузился в тишину.

— То, что ты говоришь, вроде как и понятно, — начал было Крыса, но дальше слова у него не пошли. Он безуспешно попробовал что-то выдавить из себя, потом улыбнулся и поднялся из-за стойки. — Спасибо за пиво. Тебя домой подвезти?

— Да нет, не надо. Это ведь рядом, да и пройтись я люблю...

— Ну, спокойной ночи. Кошке привет.

— Обязательно.

Снаружи стоял холодный запах осени. Крыса направился вдоль улицы, хлопая ладонью по стволам деревьев. Дойдя до парковки, он долго, но рассеянно смотрел на цифры счетчика. Потом сел в машину и после недолгих раздумий поехал к морю. Вырулил на прибрежную дорогу, остановился у дома, где жила она. Примерно в половине окон еще горел свет. Кое-где сквозь шторы виднелись силуэты людей.

Окна ее квартиры были темны. Свет в спальне тоже не горел. Наверное, спит. Стало совсем тоскливо.

Волны шумели все громче. Казалось, они хотят перемахнуть через волнолом, добраться до Крысы и унести его вместе с машиной. Крыса включил радио, откинул спинку кресла, заложил руки за голову, закрыл глаза — и сидел так под бессмысленную болтовню дискжокея. Он смертельно устал, разные неназываемые чувства не могли найти себе места и пропадали непонятно где. В облегчении склонив пустую голову набок, Крыса рассеянно слушал плеск волн, перемешанный с трескотней диск-жокея. Сон подобрался незаметно.

11

В четверг утром девчонки меня разбудили. Это произошло раньше обычного на пятнадцать минут — но я не огорчился. Побрился под горячей водой, выпил кофе, взял свежую газету, пачкающую руки типографской краской, и скрупулезно ее изучил.

— У нас к тебе просьба, — сказала одна из близняшек.

— Можешь в воскресенье машину достать? — спросила другая.

— Попробую, — сказал я. — А куда вы собрались?

— На водохранилище.

— На водохранилище?

Обе кивнули.

— И что там будет, на водохранилище?

— Похороны.

— Чьи?!

— Распределительного щита.

— Ах, да... — сказал я. И вернулся к газете.

Как назло, в воскресенье с самого утра моросил дождь. Впрочем, я имел очень смутное представление о том, какая погода наилучшим образом подходит для похорон распределительного щита. Близняшки про дождь ничего не говорили, и я тоже молчал.

В субботу вечером я одолжил у своего напарника небесно-голубой «фольксваген». «Что, подругу завел?» — поинтересовался он. В ответ я что-то промычал. Заднее сиденье «фольксвагена», на котором он возил сына, было все заляпано молочным шоколадом — как кровью после перестрелки. Кассет с роком не оказалось, и все полтора часа пути в ту сторону мы ехали без музыки, в полном молчании. Дождь методично усиливался и ослабевал, опять усиливался и опять ослабевал... Это было похоже на зевоту. Только шум несущихся по асфальту шин всю дорогу оставался одинаковым.

Одна сидела на переднем сидении, другая — на заднем, обхватив пакет с распределительным щитом и термосом. Обе держались с печальной суровостью, как и подобает на похоронах. Настроение передалось и мне. Даже остановившись по пути перекусить жареной кукурузой, мы были печальны и суровы. Наше скорбное молчание нарушалось только чпоканьем кукурузных зерен, Оставив после себя три дочиста обглоданных початка, мы погнали машину дальше.

Началась местность с жутким обилием собак. Они бесцельно бегали туда-сюда под дождем, как стаи рыб-желтохвостов в океанариуме. Мне приходилось то и дело жать на клаксон. На собачьих мордах не отражалось никакого интереса ни к дождю, ни к автомобилю. Когда я сигналил, они взглядывали на меня с откровенной неприязнью и ловко уворачивались. Но от дождя им было уже не увернуться. Все собаки вымокли до самых задниц — некоторые из них напоминали выдру из книги Бальзака, а другие походили на буддийского монаха в глубоком размышлении.

Одна из близняшек вставила мне в рот сигарету и поднесла огонь. Потом положила ладошку на внутреннюю сторону моего бедра и несколько раз погладила вверх-вниз. Так, словно делала это не для ласки, а ради подтверждения чего-то.

Дождь, казалось, никогда не кончится. Такими всегда бывают октябрьские дожди. Льют и льют, пока не вымочат всего, что только можно. Земля — хоть отжимай. Деревья и дороги, поля и машины, дома и собаки — всё без исключения пропитано дождем. Мир переполнен ледяной водой, от которой нет спасения.

Мы поднялись чуть в горы, углубились в лес — и уже на выезде из него увидели водохранилище. Из-за дождя вокруг не было ни души. Дождь разливался по всей водной поверхности, какую удавалось разглядеть. Водохранилище, в которое льет дождь, выглядело еще тоскливее, чем я себе представлял. Остановив машину недалеко от берега, мы не стали выходить — пили кофе из термоса и ели купленные по пути пирожные. Они были трех сортов: кофейные, кремовые и с кленовым сиропом. Чтобы никому не было обидно, мы тщательно разделили все на три части.

А дождь все лил и лил. Причем лил до ужаса тихо. Словно сыплют мелкие клочки газеты на толстый ковер. Клод Лелюш любит показывать такие дожди в своих фильмах.

Мы доели пирожные, выпили по два стакана кофе и, будто сговорившись, похлопали себя по коленкам, стряхивая крошки. Никто не произносил ни слова.

— Ну, пора закругляться, — сказала наконец одна из близняшек.

Вторая кивнула.

Я погасил сигарету.

Не беря зонтиков, мы прошли туда, где дорога упиралась в берег и выдавалась чуть дальше в воду на сваях, точно хотела продолжиться мостом. Водохранилище образовывала запруженная река. Причудливые изгибы водной поверхности, казалось, доставали до середины гор. В цвете воды чувствовалась зловещая глубина. От дождя по всему водохранилищу шла мелкая рябь.

Одна из близняшек достала из бумажного пакета распределительный щит и вручила мне. Под дождем он выглядел еще неказистее.

— Прочитай какую-нибудь молитву.

— Молитву? — удивился я.

— Похороны ведь! Надо помолиться.

— Как-то упустил из виду, — сказал я. — Ни одной не помню.

— Да что угодно пойдет!

— Это ведь формальность!

Дождь уже вымочил меня с головы до кончиков ногтей — а я все стоял и подыскивал подобающие случаю слова. Девчонки вперяли взволнованные взгляды поочередно то в меня, то в распределительный щит.

— Долг философии, — начал я словами Канта, — состоит в устранении фантазий, порожденных заблуждениями... Распределительный щит! Спи спокойно на дне водохранилища...

— Бросай!

— ?

— Щит бросай!

Размахнувшись что было сил, я со всей мочи метнул щит под углом в сорок пять градусов. Он прочертил под дождем живописную дугу и ударился о воду. По воде пошли медленные круги и достигли наших ног.

— Потрясающая молитва!

— Это ты сам придумал?

— Конечно, — сказал я.

Вымокшие, как те собаки, мы стояли у самой кромки и смотрели на водохранилище.

— Тут глубоко или не очень? — спросила одна.

— Жутко глубоко, — ответил я.

— А рыбы есть? — спросила другая.

— Рыбы в любом водоеме есть.

Думаю, издалека мы смотрелись неплохим памятником.

12

В четверг следующей недели я первый раз за осень надел свитер. Ничем не примечательный свитер из серой шотландской шерсти — слегка расползшийся подмышками, но так оно даже приятнее. Побрился тщательнее обычного, натянул теплые хлопчатые брюки, вытащил покрытые копотью армейские ботинки, обулся. Ботинки напоминали двух послушных щенков после команды «К ноге!». Девчонки пошуровали в комнате, нашли мои сигареты, зажигалку, бумажник, проездной — и вручили все это мне.

Добравшись до конторы, я уселся за стол — и под кофе, принесенный секретаршей, заточил шесть карандашей. В комнате сильно запахло грифелем и свитером.

В перерыв я сходил пообедать и еще раз поиграл с двумя абиссинскими кошками. Я просовывал мизинец в сантиметровую щель между стеклами, а они кидались к нему наперегонки и хватали зубами.

В этот день продавщица зоомагазина дала мне подержать кошку на руках. На ощупь будто связанная из качественной кашмирской шерсти, она уткнулась мне холодным носом в губы.

— Легко к людям привыкает, — сказала продавщица.

Я поблагодарил, отпустил кошку обратно в ящик и купил пачку совершенно ненужного кошачьего корма. Продавщица аккуратно его завернула. Когда я выходил из магазина с кошачьим кормом в руках, обе кошки пялились на меня, как на осколок мечты.

В конторе секретарша стряхнула с моего свитера кошачью шерсть.

— С кошками играл, — объяснил я без смущения.

— И на боку дыра.

— Знаю. Это с прошлого года. На машину инкассатора напал и за зеркало зацепился.

— Снимай, — распорядилась она без малейшего интереса к сказанному.

Я стянул свитер, и она принялась штопать его черной ниткой, присев на краешке стула и скрестив длинные ноги. Пока она штопала, я вернулся за стол, заточил карандаши на вторую половину дня — и взялся за работу. Что бы там кто ни говорил, а я никогда не ною по поводу работы. В отведенное время выполняю ее отведенный объем. Пусть и не более того — но по возможности добросовестно. Такие качества наверняка оценили бы в Освенциме. Собственно, в том проблема и заключается: все места, которые могли бы мне подойти, остались в прошлом. И ничего не поделать. Не вернуть ни Освенцима, ни двухместных торпедоносцев. Никто не носит мини-юбок, никто не слушает Джана и Дина. И совсем уж не вспомнить, когда я последний раз видел девушку с чулками на подвязках.

Часы показали три. Секретарша, как всегда, принесла горячий зеленый чай и три пирожных. Свитер тоже был зашит на славу.

— Можно с тобой кое-что обсудить?

— Давай обсудим. — Я отъел кусок пирожного.

— Насчет ноября, — сказала она. — Может, нам на Хоккайдо съездить?

В ноябре мы всегда брали всей фирмой отпуск и ехали куда-нибудь втроем.

— Почему бы нет? — сказал я.

— Значит, решили. А медведей там не будет?

— Медведей? Да ну, они уже в спячку залягут.

Она успокоенно кивнула.

— Ты со мной не поужинаешь сегодня? Тут недалеко хорошими креветками кормят.

— Давай, — сказал я.

Ресторан находился в пяти минутах на такси, посреди тихой жилой улицы. Мы сели за столик, и одетый в черное официант, беззвучно подойдя по кокосовой плетенке, положил перед нами два меню величиной с плавательную доску. Мы заказали два пива до еды.

— Креветки здесь очень вкусные. Их живыми варят.

Я застонал, отхлебывая из кружки.

Некоторое время она вертела тонкими пальцами висевший на шее кулон в форме звезды.

— Если ты сказать чего хочешь, то давай лучше сейчас, пока не принесли, — предложил я. И сразу подумал: лучше бы я этого не говорил. Всегда у меня так.

Она еле заметно улыбнулась. Убирать с лица эту улыбку в четверть сантиметра было делом хлопотным — поэтому улыбка некоторое время оставалась у нее на губах. Ресторан был совершенно пуст — казалось, сейчас мы услышим, как креветки шевелят усами.

— Тебе твоя работа нравится? — спросила она.

— Даже не знаю... Я такими вопросами не задавался... Во всяком случае, неудовлетворенности нет.

— Вот и у меня нет, — сказала она и отпила пива. — Зарплата высокая, ребята вы хорошие, отпуск получаю исправно...

Я молчал. Уж больно давно серьезно никого не выслушивал.

— Но мне ведь только двадцать лет, — продолжала она. — Я не хочу до самого конца вот так...

Разговор прервался, пока нам накрывали на стол.

—Ты еще совсем молодая, — сказал я. — Скоро влюбишься, выйдешь замуж... Жизнь переменится.

— Не переменится, — тихо сказала она, ловко чистя креветку ножом и вилкой. — Никому я не нужна. Так до смерти и буду тараканов ловить, да свитера штопать.

Я вздохнул. Мне вдруг показалось, что я на несколько лет постарел.

— Да брось ты... Вон симпатичная какая! И ноги длинные, и лицо ничего... И креветок чистишь здорово. Все у тебя нормально будет.

Она замолчала, принялась есть креветку. Я последовал ее примеру. Мне вдруг вспомнился распределительный щит на дне водохранилища.

— А когда тебе было двадцать лет, что ты делал?

— Был по уши влюблен.

Шестьдесят девятый. Наш год...

— И что с ней потом стало?

— Расстались.

— Тебе с ней было хорошо?

— Если глядеть издалека, — сказал я, глотая кусок креветки, — что угодно кажется красивым.

Когда мы с ней все доели, ресторан начинал потихоньку заполняться. Звякали ножи и вилки, скрипели стулья. Я заказал кофе, она — тоже кофе и лимонное суфле.

— А сейчас? — спросила она. — Сейчас у тебя кто-нибудь есть?

Немного подумав, я решил не говорить про близняшек.

— Никого нет.

— И тебе не одиноко?

— Привык. Дело тренировки.

— Какой тренировки?

Я закурил и выпустил струйку дыма, целясь на полметра выше ее головы.

— Видишь ли, я под интересной звездой родился. Чего ни захочу, все получаю. Но как только что-нибудь получу, тут же растопчу что-нибудь другое. Понимаешь?

— Немножко...

— Никто не верит, но так оно и есть. Года три назад я это заметил. И решил, что буду теперь стараться ничего не хотеть.

Она покачала головой.

— Ты что, собираешься так прожить всю жизнь?

— Наверное... А как еще никому не мешать?

— Если ты на самом деле так думаешь, — сказала она, — тебе лучше жить в ящике для обуви.

Отлично сказано!

Мы прошлись с ней пешком до станции. В свитере мне было хорошо.

— О’кей, — сказала она. — Попробую как-нибудь дальше.

— Извини, что пользы от меня немного.

— Поговорили, легче стало...

Уезжали мы с одной платформы, но в разные стороны.

— Тебе правда не одиноко? — еще раз спросила она напоследок. Пока я подыскивал достойный ответ, подошел поезд.

13

Случаются дни, когда что-нибудь берет и хватает за душу. Это может быть что угодно, любой пустяк. Розовый бутон, потерянная кепка, свитер, который нравился в детстве, старая пластинка Джина Питни... Список из скромных вещей, которым сегодня больше некуда податься. Два или три дня они скитаются по душе, перед тем, как возвратиться туда, откуда пришли. ......Потемки. Колодцы, вырытые в наших душах. И птицы, летающие над колодцами.

Тем осенним воскресным вечером меня схватил за душу пинбол. Мы с близняшками наблюдали закат, стоя на грине у восьмой лунки. Восьмая лунка была «длинная», рассчитанная на попадание с пяти ударов, без препятствий и без уклонов. Один лишь фервей тянулся к ней, похожий на школьный коридор. У седьмой лунки упражнялся на флейте живший по соседству студент. Под изводящие сердце двухоктавные гаммы солнце наполовину скрылось за холмами. И почему в это мгновение меня схватил за душу пинбольный автомат, мне знать не дано.

И мало того — в голове у меня с каждой новой секундой стали множиться пинбольные образы. Стоило закрыть глаза, как у самого уха раздавался щелчок выстреливаемого шарика, и тарахтели цифры, выстраиваясь в ряд на счетном табло.

Ω

В семидесятом году, когда мы с Крысой хлестали пиво в «Джейз-баре», я вовсе не был фанатом пинбола. У Джея стоял редкий для того времени автомат — модель с тремя флипперами под названием «Ракета». Поле делилось на верхнюю и нижнюю части — один флиппер в верхней и два в нижней. Модель доброго мирного времени, когда полупроводниковая инфляция еще не проникла в пинбольный мир. Личный рекорд одержимого пинболом Крысы составлял 92500 очков; по этому поводу я даже сделал памятную фотографию. Крыса счастливо улыбается, облокотясь на автомат, — и автомат с выброшенными цифрами «92500» улыбается тоже. Единственный душевный снимок, который я сделал своим карманным «Кодаком». Крыса на нем — вылитый воздушный ас эпохи Второй Мировой. Автомат же подобен старому истребителю — которому руками раскручивают пропеллер, а пилот после взлета сам захлопывает ветрозащитный колпак. Цифры «92500» сближают Крысу с автоматом, придавая всей картине оттенок интимности.

Раз в неделю из пинбольной фирмы приходил ответственный за сбор денег и ремонт. Это был тридцатилетний мужчина, до странности худой и крайне неразговорчивый. Войдя в бар, он даже не одаривал Джея взглядом, а сразу открывал ключом какую-то дверцу под автоматом и высыпал мелочь в суму из грубой холстины. Потом брал оттуда одну монетку, бросал в щель, два-три раза проверял состояние плунжерной пружины — и без видимого интереса запускал шарик в игру. Попав им в буфер, смотрел, исправны ли магниты, а затем проходил полный маршрут, загоняя шарик во все возможные места — лузы, мишени, ловушки... Напоследок зажигал призовую лампочку и с облегчением на лице позволял шарику скатиться на выход. После чего кивал Джею — мол, проблем нет! — и уходил. За время, которое ему требовалось, удавалось выкурить полсигареты.

Я забывал стряхивать пепел, Крыса забывал о своем пиве, — мы просто сидели и обалдело пялились на эту великолепную технику.

— Фантастика! — говорил Крыса. — С такой техникой можно запросто сделать сто пятьдесят тысяч. Да что там — и все двести можно сделать!

— Чего ты хочешь, это же профессионал! — пытался я утешить Крысу. Однако гордость аса уже не возвращалась.

— Я по сравнению с ним просто молокосос! — С этими словами Крыса уходил в молчание. Его бессмысленные грезы о заполнении всех шести разрядов на табло могли длиться бесконечно.

— Это ведь для него работа, — продолжал я. — Интересно только поначалу. А когда с утра до вечера, кому угодно надоест.

— Не-е-ет, — тряс головой Крыса. — Мне не надоест!

14

«Джейз-бар» был набит битком, чего давно не случалось. Джей мало кого знал — но клиент всегда клиент, и повода для расстройства здесь не было. Треск раскалываемого льда, его постукивание в стаканах, смех, «Джексон Файв» из музыкального автомата, облака белого дыма под потолком, как изо ртов у героев комиксов, — словно частичка лета забрела сюда этим вечером.

Однако для Крысы во всем этом что-то было не так. Одиноко сидя за стойкой, он несколько раз пробовал читать — но, не в силах продвинуться дальше одной страницы, отложил книгу в сторону. Теперь он хотел — если получится — выпить последний глоток пива, вернуться домой и уснуть. Если *действительно* получится уснуть...

В эту неделю удача напрочь отвернулась от Крысы. Все портилось — обрывки сна, пиво, сигареты, даже погода. Потоки дождя омывали горные склоны, уносились реками в море и красили его в коричнево-серую крапинку. Зрелище не из приятных. В голову же словно напихали старых газет, свернутых трубочкой. Сон поверхностный и всегда короткий. Будто спишь перед приемом у зубного врача, а прихожую еще и натопили сверх всякой меры. Стоит кому-нибудь открыть дверь, как ты просыпаешься. И перед глазами — циферблат.

В середине недели Крыса накачивался виски, чтобы потихоньку заморозить все мысли. Каждую щель в сознании он затягивал слоем льда — такого толстого, что по нему прошел бы белый медведь, — и засыпал, надеясь дожить в таком виде до следующей недели. Но когда просыпался, все было по-прежнему. Лишь слегка болела голова.

Перед рассеянным взглядом Крысы — шесть пустых бутылок из-под пива. Между бутылок видна спина Джея.

Неплохой момент для выхода в отставку, — думает Крыса. — Первый раз я выпил здесь пива в восемнадцать лет. И с тех пор — тысячи бутылок, тысячи тарелок с закуской, тысячи пластинок в музыкальном автомате. Все это подобно волнам, бьющим в борт шлюпке — как пришло, так и ушло. Может, я уже достаточно попил пива? Конечно, мне еще будет тридцать, потом будет сорок, и пива я еще попью. И тем не менее, — думает Крыса, — тем не менее, пиво, которое я пью *здесь*— это разговор отдельный... Двадцать пять лет — неплохой возраст для выхода в отставку. Человек с умом и вкусом в этом возрасте переходит из университета в банк, чтобы стать каким-нибудь ответственным по кредитованию.

Крыса прибавляет к батарее пустых бутылок еще одну, берет готовый расплескаться стакан и одним глотком отхлебывает половину. Потом машинально вытирает губы тыльной стороной ладони. Потом вытирает ладонь о штаны.

— Давай подумаем, — говорит сам себе Крыса, — давай подумаем, не торопясь. Двадцать пять лет... Возраст, когда можно немного подумать. Два двенадцатилетних мальчишки — разве такая тебе цена? Нет, столько на тебя одного не хватит... Тогда, может, цена тебе — муравейник в банке из-под огурцов? Ну, будет... Нагородил метафор, и ни одна ни к черту. Где-то у тебя ошибка — сиди, думай. Вспоминай... Понятно тебе?

Устав от раздумий, Крыса допивает оставшееся пиво. Поднимает руку и заказывает еще одну.

— Упьешься сегодня, — говорит ему Джей. Но все же ставит перед ним восьмую бутылку.

Потихоньку начинает болеть голова. Ощущение, будто тебя качает вверх-вниз на волнах. Внутри глаз — вялость. Проблюйся, — говорит голос в голове. — Хорошо проблюйся, а потом уже будешь думать. Прямо сейчас вставай и иди в сортир... Нет, никак. Мне дотуда не дойти... Все же Крыса расправляет грудь, добирается до уборной, открывает дверь, изгоняет оттуда молодую женщину, красящую глаза перед зеркалом, и склоняется над унитазом.

Когда же я блевал последний раз? Даже забыл, как это делается. Штаны снимать или нет?.. Отставить шуточки! Блюют молча! Блюй до желудочного сока.

Доблевав до желудочного сока, Крыса садится на унитаз и курит. Затем моет с мылом руки и лицо, мокрыми руками приводит в порядок волосы. Меланхолии еще многовато, но очертания носа и подбородка вполне ничего. Учительнице средних классов муниципальной школы могли бы понравиться.

Крыса выходит из уборной, подходит к столику, где сидит женщина с недокрашенными глазами, и приносит ей свои извинения. Потом возвращается за стойку, выпивает полстакана пива и глоток ледяной воды, которую дает ему Джей. Два-три раза встряхивает головой, закуривает — и только после этого его мозговые функции начинают приходить в норму.

— Теперь хватит, — говорит он вслух. — Ночь длинная. Будет время подумать.

15

По-настоящему я попал в мир пинбольной магии зимой семидесятого. Целых полгода прошли тогда, как в темной яме. В чистом поле была вырыта ямка под мои габариты — и я сидел в ней, плотно заткнув уши. Моего интереса ничто не могло привлечь. Но с наступлением вечера я просыпался, надевал пальто и шел в игровой центр.

Автомат, найденный мной после долгих поисков, был копией того, что стоял в «Джейзбаре», — трехфлипперная «Ракета». Когда я кидал в нее монету и жал на кнопку «Старт», она тарахтела, поднимала десять своих мишеней, гасила призовую лампочку, обнуляла все шесть разрядов на табло и выставляла на старт первый шарик. Потребовалось бессчетное количество мелочи, чтобы ровно через месяц, холодным и дождливым зимним вечером, мне покорился шестой разряд — как последний мешок с песком, выброшенный из корзины аэростата.

Я с трудом оторвал от флипперных кнопок дрожащие пальцы, оперся спиной о стену, открыл банку ледяного пива — и долго-долго смотрел на шесть цифр: «105220».

Это был наш медовый месяц — мой и пинбольной машины. В университете я практически не показывался, а большую часть денег от подработок вкладывал в пинбол. Я методично осваивал все приемы — захваты, перепасовки, задержки, удары с лета... Пока я играл, за спиной у меня постоянно толклись зрители. Какие-то перемазанные помадой школьницы вечно терлись о мой локоть мягкими грудями.

Когда я перевалил за сто тысяч, пришла настоящая зима. Промерзший игровой зал совсем обезлюдел; я же, закутавшись в байковое пальто и намотав шарф по самые уши, продолжал обниматься с пинбольной машиной. Иногда я видел себя в зеркале уборной: осунувшееся лицо, костлявые скулы, обветренная кожа... Отыграв три партии, я откидывался к стене и отдыхал, трясясь от холода и глотая пиво. Последний глоток всегда имел свинцовый привкус. Потом я кидал под ноги окурок и грыз принесенный в кармане хот-дог.

Она была прекрасна, моя трехфлипперная... Только я понимал ее — и только она понимала меня. Всякий раз, когда я жал на «старт», она с блаженным урчанием выставляла ноль в шестом разряде и улыбалась мне. Я же с миллиметровой точностью оттягивал плунжер — и выстреливал серебристым сверкающим шариком. Пока шарик угорело носился по игровому полю, моя душа была безгранично свободна — как бывает, когда покуришь качественного гашиша.

В голове у меня без всякой связи появлялись и исчезали самые разные мысли. На стекле, покрывавшем игровое поле, возникали и пропадали образы самых разных людей. Как волшебный фонарь, стекло отражало мои мечты — и они мерцали на нем вместе с огоньками буфера и призовой лампочкой.

Ты не виноват, качая головой, говорит мне машина. Ты старался, ты сделал все, что мог.

Если бы, говорю я. Левый флиппер, тычковый пас, девятая мишень. Я вообще ничего не сделал. Я даже пальцем не шевельнул. А могло бы и получиться, если бы сильно захотел.

Человеческие возможности очень ограничены, говорит она.

Возможно, отвечаю я. Но еще ничего не кончилось, я еще держусь... Возврат, пуск, ловушка, вброс, отскок, захват, шестая мишень...... призовая игра. «121150». Теперь кончилось, говорит машина. Все кончилось.

☿

А в феврале она пропала. Игровой центр снесли, и через месяц на его месте возвели круглосуточную пончиковую. Узор на занавесках повторялся на форме официанток, которые разносили пересушенные пончики на тарелках — с точно таким же узором. Приехавшие на велосипедах старшеклассницы, шофера из ночных смен, работницы баров и одетые не по сезону хиппи пили там кофе с одинаково тоскливым выражением на лицах. Заказав чашку совершенно мерзкого кофе и пончик с корицей, я спросил официантку о судьбе игрового центра.

— Игровой центр?

— Был здесь совсем недавно...

— Не знаю. — Официантка сонно покачала головой.

Такой вот у нас город — никто не помнит о событиях месячной давности.

С тяжелым сердцем я отправился кружить по городу. Где теперь находилась трехфлипперная «Ракета», не знал никто.

И я завязал с пинболом. Когда приходит положенное время, человек перестает играть в пинбол. Только и всего.

16

Дождь, ливший уже несколько дней, в пятницу вечером вдруг прекратился. Город, который был виден из окна, напитался противной дождевой водой и весь распух. Закат выцветил волшебными красками рваные тучи, и отраженный свет принес эти краски в комнату.

Надев поверх майки ветровку, Крыса вышел на улицу. Черный асфальт, тянувшийся далеко-далеко, был весь в неподвижных лужах. В городе пахло сумерками после дождя. Стоявшие вдоль реки сосны насквозь промокли; с кончиков их зеленых иголок стекали водяные капли. Побуревшая дождевая вода была теперь в реке и скользила по бетонному дну вниз, по направлению к морю.

Сумерки подошли к концу — на город надвинулась сырая темнота. Сырость моментально обернулась туманом.

Крыса медленно проехался по городу на машине, выставив локоть в открытое окно. Покатая дорога, ведущая на запад, исчезала в белом тумане. Доехав до морского берега, Крыса остановил машину у мола, откинул спинку кресла и закурил. Береговой песок, бетонные блоки, сосновая роща — все вымокло до черноты. Сквозь шторы ее окон пробивался теплый желтый свет. На часах — десять минут восьмого. Время, когда люди заканчивают ужин и растворяются в тепле своих комнат.

Крыса заложил руки за голову, закрыл глаза и попытался вызвать в памяти обстановку ее квартиры. Он заходил туда всего два раза, поэтому воспоминания были не очень достоверны. Как заходишь, попадаешь в кухню-столовую размером в шесть татами... Оранжевая скатерть, цветочные горшки, четыре стула, пакет апельсинового сока, на столе газета и чайник из нержавейки... Все расставлено и разложено очень аккуратно. Нигде ни пятнышка. Что дальше... Дальше две маленькие комнаты — но перегородку давно сломали, и получилась одна большая. Там продолговатый письменный стол, накрытый стеклом, а на нем... На нем три глиняные пивные кружки. Один ящик битком набит разными карандашами, линейками, ручками... В другом лежат простые и чернильные резинки, старые квитанции, пресс-папье, клейкая лента, всевозможных цветов скрепки... А еще карандашная точилка и марки.

Рядом со столом — видавшая виды чертежная доска и лампа на длинной штанге. Какой на лампе абажур? Кажется, зеленый... А дальше, у стены — кровать. Маленькая кровать из некрашеного дерева, каких много в Северной Европе. Залезешь на нее вдвоем — она заскрипит, как прогулочная лодка, взятая в парке напрокат.

Туман сгущался с каждой минутой. Морской берег плыл в молочно-белой тьме. Время от времени на дороге показывались желтые огни противотуманных фар и медленно проходили мимо. Проникавшая в окно морось вымочила все в машине — сиденья, лобовое стекло, ветровку, сигареты в кармане... Резко взвыли сирены сухогрузов на рейде — так голосят отбившиеся от стада телята. То короткие, то длинные гудки складывались в гаммы, пронзали темноту и улетали в сторону гор.

А что там у левой стены? — продолжает вспоминать Крыса. Там книжная полка, маленькая стереосистема, пластинки... Дальше платяной шкаф. Две репродукции Бена Шана. На полке ничего интересного. Большей частью книги по архитектуре. Ну, еще по туризму — путеводители, карты, дорожные заметки. Несколько бестселлеров, жизнеописание Моцарта, ноты, разные словари... Есть французский, с надписью на форзаце: награждается такая-то. Пластинки — в основном, Бах, Гайдн, Моцарт. И несколько оставшихся с девичества — Пэт Бун, Бобби Дарин, «Плэттерз»...

Крыса застрял. Что-то оставалось еще. И это было важно. Без этого вся комната зависала, не обретала реальных контуров. Что же там еще? Погоди, сейчас вспомню... Ну да, люстра... и ковер. А что там за люстра? И какого цвета ковер? Не помню, хоть тресни...

А если открыть сейчас дверцу, пройти через рощу, постучаться к ней и все узнать про люстру и цвет ковра? Господи, какая глупость... Крыса снова откидывается назад и смотрит на море. Над морем повис белый туман, кроме него ничего не разглядеть. А в глубине тумана с размеренностью сердечного ритма вспыхивает и гаснет оранжевый огонь маяка.

Лишенная потолка и пола, ее комната некоторое время потерянно висела в темноте. Образ стал постепенно терять мелкие подробности — и в конце концов растерял их все до единой.

Крыса уставился в потолок и медленно закрыл глаза. Потом, как щелкнув выключателем, погасил у себя в голове весь свет — и зарылся сердцем в эту новую темноту.

17

Трехфлипперная «Ракета»... Она не переставала звать меня откуда-то. Изо дня в день, без отдыха...

Со страшной скоростью я разделался с горой накопившейся работы. На обед не ходил, с абиссинскими кошками не играл. И ни с кем не разговаривал. Секретарша время от времени заходила меня проведать, изумленно качала головой и уходила обратно. К двум часам я выполнил дневную норму, кинул черновики секретарше на стол и выпорхнул на улицу. А потом бегал по игровым центрам в центре Токио и искал трехфлипперную «Ракету». Увы, безрезультатно. Никто такого автомата не видел, и никто о таком не слышал.

— Может, вам подойдет «Покоритель подземелья»? Четыре флиппера, новая модель, только пришла, — спросил меня хозяин одного из центров.

— Не подойдет. К сожалению...

Казалось, я его слегка разочаровал.

— А вот еще «Леворукий бейсболист». Три флиппера. На каждом круге выдает призовой шарик.

— Извините, — сказал я. — Меня интересует только «Ракета».

Тем не менее, он любезно поделился телефонным номером своего знакомого, пинбольного фаната.

— Если он вам не поможет, то уже не поможет никто. Ходячий справочник, а не человек. Двинутый на этом деле.

— Спасибо, — поблагодарил я.

— Не стоит, не стоит... Удачных поисков.

Зайдя в тихую кофейню, я набрал номер. После пяти гудков ответил негромкий мужской голос. На заднем плане слышались семичасовые теленовости и лепет младенца.

— Хотел бы у вас спросить об *одном автомате* для игры в пинбол, — представившись, сказал я.

Некоторое время на том конце молчали.

— О каком именно? — послышалось снова. Звук телевизора стал тише.

— Трехфлипперная модель под названием «Ракета».

Мой собеседник издал глубокомысленное мычание.

— На доске нарисован космический корабль, планеты...

— Я знаю, — перебил он. Потом прокашлялся. Так разговаривают молодые преподаватели, только что из аспирантуры. — Модель шестьдесят восьмого года, «Гилберт и сыновья», Чикаго. Известна как несчастливая машина.

— Несчастливая машина?

— Знаете что, — сказал он, — может, нам встретиться и поговорить?

Встреча была назначена на вечер следующего дня.

Ω

Обменявшись визитными карточками, мы подозвали официантку и заказали кофе. Мой новый знакомый и в самом деле оказался преподавателем университета, чем немало меня удивил. Лет ему было тридцать с чем-то, его волосы уже начинали редеть, но тело оставалось загорелым и крепким.

— Преподаю испанский язык, — сказал он. — Поливаю водой пустыню.

Я восхищенно покивал.

— А с испанского вы переводите в вашей фирме?

— Я перевожу с английского, мой напарник с французского. Этого уже хватает.

— Жаль, — сказал он. Его руки были скрещены на груди, и особой жалости на лице не отражалось. Пальцы потеребили узел галстука.

— Вы не бывали в Испании? — спросил он.

— К сожалению, нет, — ответил я.

Принесли наш заказ, и разговор об Испании завершился. Мы стали молча пить кофе.

— Фирма «Гилберт и сыновья», — неожиданно начал он, — вышла на рынок пинбольных автоматов сравнительно поздно. Со Второй мировой войны и до корейской она, в основном, выпускала боевое оборудование для бомбардировщиков. Когда же в Корее заключили перемирие, решила освоить новый бизнес. Игровые автоматы, музыкальные, торговые, для попкорна... Одним словом, мирную продукцию. Первый автомат для пинбола был сделан в пятьдесят втором году. Довольно неплохой. Прочный и дешевый. Но не особо интересный. Журнал «Биллборд» писал: «Такие пинбольные автоматы больше похожи на бюстгальтеры, которыми укомплектованы женские подразделения Советской Армии». Впрочем, продавался он вполне успешно. Его стали экспортировать в Мексику, а потом охватили всю Латинскую

Америку. Там слабо развито техобслуживание, поэтому сложным машинам предпочитают крепкие и надежные.

Он замолчал, отпивая воду. Казалось, ему не хватает экрана, диапроектора и указки.

— Вы, наверное, знаете, что американский, а значит, и мировой пинбольный бизнес контролируют четыре компании. А именно: «Готтлиб», «Бэлли», «Чикаго Койн» и «Вильямс». Большая четверка. И вот в эту олигархию вклинивается «Гилберт». Начинается жестокая война. И через пять лет, в пятьдесят седьмом году, «Гилберт» вынужден уйти из пинбола.

— Уйти?

Кивнув, он равнодушно допил остатки кофе и несколько раз обтер губы носовым платком.

— Да. Им пришлось отступить. Впрочем, свои деньги они успели сделать. На Латинской Америке. Просто решили выйти, пока раны не так глубоки. В конце концов, изготовлять пинбольные машины очень сложно, это ведь целое ноу-хау. Нужны квалифицированные специалисты, нужно ими руководить, нужно планировать... Нужна сеть по всей стране, нужны агенты по доставке и складированию... Нужны мастера, которые в течение пяти часов после поломки вылетят в любую точку и отремонтируют любую машину. К сожалению, у новичков из фирмы «Гилберт» на все это пороху не хватило. Они сглотнули слезы и последующие семь лет занимались торговыми автоматами и дворниками для «крайслеров». Но совсем пинбола не оставили.

Тут он замолчал. Достал из кармана пиджака сигарету, постучал кончиком по столу, щелкнул зажигалкой.

— Совсем они пинбола не оставили. Потому

что у них была гордость. В секретной мастерской велись новые разработки. В проектную команду тайно набирались отставные специалисты из «Большой четверки». Под проект выделялись огромные средства с единственной целью: построить автомат, не уступающий ни одному из сделанных «четверкой». Причем тоже за пять лет, начиная с пятьдесят девятого. И сама фирма времени зря не теряла: была создана идеально отлаженная сеть от Ванкувера до Вайкики — ее обкатали на других товарах. К концу этих пяти лет все было готово. Как и планировалось, первый автомат новой серии вышел в шестьдесят четвертом и назывался «Большая волна».

Из кожаного портфеля он извлек альбом для газетных вырезок, открыл его на нужной странице и передал мне. На страницу были наклеены журнальные фотографии «Большой волны»: общий вид, игровое поле, доска управления, табличка с инструкцией.

— Это была поистине уникальная машина. В ней воплотилось сразу несколько новаторских идей. К примеру, индивидуальная подстройка. Игрок мог менять определенные характеристики так, чтобы они лучше всего соответствовали его технике. То есть, была сделана заявка на большой успех. Сегодня подобные вещи никого не удивляют — но для того времени это был настоящий прорыв. Кроме того, сработали автомат на совесть. Во-первых, он был надежен. Автоматы «Большой четверки» обычно рассчитывались на три года эксплуатации, а тут срок довели до пяти лет. Во-вторых, возможность быстро набирать очки на рискованной игре была реализована очень тонко, и такая игра стала сердцевиной техники. После этого фирма продолжила начатую серию выпуском следующих машин: «Восточный экспресс», «Транс-Америка», «Капеллан»... Каждая получала высокую оценку в пинбольных кругах. Последней моделью серии стала «Ракета», которая всей сутью резко отличалась от четырех предшественниц. Как альтернатива вечному поиску свежих идей, эта машина была задумана ортодоксально примитивной. Абсолютно все ее функции были давно знакомы по автоматам «четверки». Выглядело это крайне вызывающе. Казалось, фирма очень уверена в своих силах...

Он излагал медленно, разжевывая все до мелочей. Время от времени кивая, я пил кофе. Когда кофе кончилось — воду. Когда кончилась вода — закурил.

— «Ракета» была удивительной машиной. С виду она не имела никаких особых достоинств. Но стоило попробовать ее в деле, как все выглядело иначе. Те же флипперы, те же мишени — но что-то неуловимое отличало ее от других моделей. И это «что-то» действовало на людей, как наркотик. Просто необъяснимо!.. А назвать эту машину невезучей мне позволили две причины. Во-первых, люди не поняли до конца всей ее прелести. Когда начали понимать, было уже поздно. Во-вторых, обанкротилась фирма. Слишком уж добросовестно все делала. Ее поглотила одна крупная корпорация — а в головной компании решили, что пинбольная отрасль им не нужна. Вот и всё. «Ракет» было выпущено около тысячи пятисот штук, но сегодня она стала антикварной редкостью, почти призраком. В среде американских фанатов рыночная цена «Ракеты» составляет около двух тысяч долларов — но до рынка она практически не доходит.

— Почему?

— Потому что никто не хочет с ней расставаться. Потому что она привязывает к себе любого. Удивительная машина!

Он замолчал, привычно взглянул на часы и закурил. Я заказал еще кофе.

— А сколько машин было импортировано в Японию?

— Я наводил справки. Три машины.

— Немного...

Он кивнул.

— Дело в том, что фирма «Гилберт» не имела в Японии налаженных каналов для своей продукции. В шестьдесят девятом году одно торговое агентство в порядке эксперимента закупило эти самые три штуки. Когда захотели взять еще, «Гилберта и сыновей» уже не существовало.

— А координаты этих машин вам известны?

Он помешал сахар в кофейной чашке, поскреб мочку уха...

— Одна поступила в маленький игровой центр на Синдзюку. Зимой позапрошлого года его снесли. Где теперь машина, я не знаю.

— Моя знакомая...

— Еще одна поступила в игровой центр на Сибуе и весной прошлого года сгорела в пожаре. Все было застраховано, убытков никто не понес — разве что в мире стало одной «Ракетой» меньше. Невезучая машина, что тут еще скажешь...

— Как мальтийский сокол, — сказал я.

Он кивнул.

— А вот куда пошла третья, я даже понятия не имею.

Я дал ему адрес и телефон «Джейз-бара».

— Правда, сейчас там ее уже нет. Летом прошлого года списали.

Он любовно занес все в книжечку.

— Меня интересует машина, которая была на Синдзюку, — сказал я. — Вы не знаете, где она может быть?

— Тут несколько вариантов. Самое вероятное — она уже в металлоломе. Ведь оборачиваемость пинбольных машин очень высока. Обычный автомат изнашивается за три года — выгоднее поставить новый, чем тратиться на ремонт старого. Прибавьте к этому такую вещь, как мода. Старье просто выбрасывают... Вариант два: кто-нибудь купил ее как подержанную. Бары иногда берут такие машины: модель старая, но еще послужит. Вот и играют на ней пьяные или новички, пока вовсе не доломают. И, наконец, совсем маловероятный вариант три: ее прикарманил какой-нибудь пинбольный фанат. Но, повторяю, восемьдесят процентов — за то, что она в металлоломе.

Я помрачнел и задумался, держа меж пальцев незажженную сигарету.

— А если взять последний вариант — вы не могли бы его проработать?

— Попытаться можно, но это непросто. В мире пинбольных фанатов практически нет горизонтальных связей. Никаких списков участников, никаких информационных бюллетеней... Но давайте все же попробуем. К «Ракете» я и сам питаю некоторый интерес.

— Был бы крайне признателен.

Откинувшись на спинку глубокого кресла, он закурил.

— Кстати, каким был ваш лучший результат на «Ракете»?

— Сто шестьдесят пять тысяч, — ответил я.

— Это сильно, — сказал он с тем же выражением на лице. — Это действительно сильно.

И еще раз почесал ухо.

18

Следующую неделю я провел в удивительной тишине и покое. Остатки пинбольного гула еще звучали у меня в ушах — но уже не напоминали пчел, с неистовым жужжанием слетевшихся на зимний солнцепек. Осень с каждым днем обнажала свою глубину, смешанный лес вокруг гольфового поля все сыпал и сыпал на землю высохшие листья. На отлогих пригородных холмах эти листья складывали в костры — из окна квартиры я видел струйки дыма, тут и там поднимавшиеся к небу волшебными канатами.

Близняшки становились все молчаливее и ласковее. Мы гуляли, пили кофе, слушали пластинки, спали, обнявшись под одеялом... В воскресенье шли пешком целый час, дошли до ботанического сада с дубовой рощей и съели там по сэндвичу с грибами и шпинатом. Чернохвостые птицы в кронах деревьев щебетали своими прозрачными голосами.

С началом похолодания я купил обеим по спортивной рубашке и отдал свои старые свитера. Теперь это были уже не Двести Восемь и Двести Девять — это были Оливковый Свитер Без Ворота и Бежевый Кардиган. Они не возражали. Сверх того, я подарил им носки и новые кроссовки. И ощутил себя стареющим денежным мешком.

Октябрьские дожди были великолепны. Тонкие, как иглы, и мягкие, как вата, дождевые струи поливали вянущую лужайку гольфового поля. Луж от них не оставалось, все впитывалось в почву. После дождя в лесу висел запах промокшей подстилки из опавших листьев. Свет, еле пробиваясь сюда вечером, рисовал на ней крапчатые узоры. Над лесной тропинкой торопливо перелетали птицы.

В конторе тянулись одинаковые дни. Запарка осталась позади; в магнитофоне у меня крутился старый джаз — Бикс Бейдербек, Вуди Харман, Банни Бериган... Я же неторопливо работал, дымил сигаретой, через каждый час глотал виски и заедал печеньем.

Наша секретарша деловито изучала расписания полетов, бронировала билеты и гостиницы, зашила мне два свитера и поменяла пуговицы на блейзере. Сделала себе новую прическу, перешла на бледно-розовую помаду, надела тонкий свитер, подчеркивающий грудь, — и слилась с осенним воздухом.

Это была удивительная неделя: казалось, все будет вечно оставаться таким, как есть.

19

Заговорить с Джеем об отъезде было тяжело. Почему — непонятно, но тяжело до ужаса. Три дня сплошных попыток, и всякий раз безуспешных. Только пробуешь начать, горло пересыхает, и остается лишь пить пиво. И вот пьешь его, задавленный невыносимым чувством собственного бессилия. Дергаешься, дергаешься — и никуда ни на шаг.

Стрелка часов подошла к двенадцати. Снова отложив разговор, Крыса встал со стула даже с некоторым облегчением, привычно пожелал Джею спокойной ночи и вышел на улицу. Ночной ветер был уже совсем холодным. Добравшись до дома, Крыса сел на кровать и уставился в телевизор. Открыл банку пива, закурил сигарету. Старое западное кино, Роберт Тэйлор... Реклама... Прогноз погоды... Реклама... Белый шум... Крыса выключил телевизор. Принял душ. Открыл еще одну банку пива, закурил еще одну сигарету...

Было непонятно, куда уезжать из этого города. Казалось, не существует места, куда можно было бы уехать.

Впервые за всю жизнь со дна души выполз страх. Похожий на каких-то земляных червей — черных и блестящих, без глаз и без сострадания. Они хотели утащить Крысу к себе под землю. Всем телом чувствуя на себе их слизь, он открыл еще банку.

За эти три дня вся комната заполнилась пустыми банками и сигаретными окурками. Жутко тянуло к женщине. Вспоминалось тепло ее кожи, и быть с нею хотелось вечно. Но, — говорил сам себе Крыса, — обратной дороги нет. Разве ты не сам сжег все мосты? Разве не сам замуровал себя в стене?..

Крыса посмотрел на маяк. Небо светлело, море серело. Когда утренние лучи, словно сметая крошки со скатерти, начали разгонять темноту, Крыса лег в постель и заснул вместе со своей неприкаянностью.

♀

Крысе казалось, что его решимость покинуть город непоколебимо тверда. Немало времени ушло на то, чтобы рассмотреть проблему под всеми возможными углами и сделать правильный вывод. В построениях не осталось ни единого сучка. Он чиркал спичкой и поджигал мосты. Вслед за этим исчезал и неприятный осадок на душе. В городе, может быть, останется его тень — но кому до нее будет дело? А потом, город ведь меняется — так что скоро исчезнет и тень... И все гладко потечет дальше.

Вот только Джей...

Почему его существование так смущало душу. Крыса не понимал. «Я уезжаю», «Ну, счастливо», — всего ведь и дел. И главное, друг о друге им толком ничего не известно. Два незнакомых человека случайно знакомятся, потом расстаются — что здесь особенного? Но душа у Крысы болела. Он лежал на кровати, глядел в потолок — и несколько раз ударил воздух крепко сжатым кулаком.

Ⓠ

В понедельник, уже за полночь, Крыса поднял штору на входе в «Джейз-бар». Как обычно, половина освещения была выключена, и ничем не занятый Джей курил за одним из столов. Увидев Крысу, он слегка улыбнулся и кивнул. В полутьме Джей казался сильно постаревшим. Щеки и подбородок покрыла черная щетина, глаза ввалились, тонкие губы высохли и потрескались. На шее выступили вены, пальцы пожелтели от никотина.

— Устал? — спросил его Крыса.

— Немного есть, — ответил Джей и чуть помолчал. — Бывают такие дни. У всех бывают.

Крыса кивнул, выдвинул стул и сел напротив Джея.

— Как в песне... «Понедельник и дождь нагоняют на всех маету».

— Точно. — Джей пристально посмотрел на собственные пальцы с зажатой в них сигаретой.

— Тебе бы домой, да поспать как следует.

— Какое там... — Джей медленно качнул головой, будто согнал муху. — До дома-то еще дойду, а вот попробуй усни...

Крыса машинально взглянул на часы. Двадцать минут первого. В подвальном сумраке не раздавалось ни звука — время казалось умершим. За опущенными шторами «Джейз-бара» не осталось даже осколка того сияния, за которым Крыса гнался столько лет. Все как будто выцвело. И выдохлось.

— Принеси-ка мне колы, — сказал Джей. — А сам пивка можешь попить.

Крыса встал, достал из холодильника бутылку пива, бутылку колы и стаканы.

— А музыку? — спросил Джей.

— Давай сегодня в тишине посидим, — сказал Крыса.

— Прямо похороны какие-то...

Крыса засмеялся. Больше ничего не говоря, оба принялись за колу и пиво. Наручные часы, положенные Крысой на стол, вдруг неестественно громко запищали. Двенадцать тридцать пять — это ж сколько времени прошло! Джей почти не двигался. Крыса безотрывно смотрел, как сигарета Джея в стеклянной пепельнице истлевает до самого фильтра.

— А чего ты так устал? — спросил Крыса.

— Ну... — Джей заложил ногу за ногу, словно пытаясь что-то вспомнить. — Как-то вот так, без причины...

Крыса взял стакан, отпил половину, поставил обратно на стол.

— Вот смотри, Джей, все люди скисают, да?

— Ага...

— Но скисать можно по-разному. — Крыса машинально вытер губы тыльной стороной руки. — А посмотришь на людей, так никакого разнообразия. Два-три варианта, не больше.

— Наверно...

Потерявшие пену остатки пива собрались в лужицу на дне стакана. Крыса достал из кармана сплющенную пачку, сунул последнюю сигарету в зубы.

— Хотя, если подумать, какая разница? Пусть как хотят, так и скисают. Правильно?

Джей молча слушал, наклонив стакан с колой.

— Все люди меняются. А какой в этом смысл, я никогда не понимал. — Крыса закусил губу, уставился на стол и задумался. — Мне так кажется, что любые перемены и любой прогресс в конечном счете сводятся к разрушению. Или я не прав?

— Наверно, прав...

— Поэтому у меня нет ни любви, ни симпатии к тем, кто радостно идет навстречу пустоте. И в этом городе тоже.

Джей молчал. Замолчал и Крыса. Взяв со стола спичку, он медленно зажег ее с другого конца от тлеющей сигареты и закурил новую.

— Вся проблема в том, — сказал Джей, — что ты сам хочешь измениться. Правда ведь?

— Точно.

Протекло несколько ужасно тихих секунд. Десять или около того. Наконец Джей произнес:

— А люди вообще сделаны на удивление топорно. Ты даже не представляешь, до какой степени.

Крыса перелил в стакан остатки пива из бутылки и одним глотком выпил.

— Я запутался, — сказал он.

Джей покивал.

— Ни на что решиться не могу.

— Да оно и видно. — Джей улыбнулся, точно устал от разговора.

Крыса поднялся, сунул в карман пустую пачку и зажигалку. Часы показывали час ночи.

— Спокойной ночи, — сказал Крыса.

— Спокойной ночи, — ответил Джей. — И вот еще: кто-то сказал — ходите помедленней, а воды пейте побольше.

Крыса улыбнулся Джею, открыл дверь и поднялся по лестнице. Безлюдную улицу ярко освещали фонари. Крыса присел на дорожное ограждение и взглянул на небо. «Сколько же надо воды, чтобы напиться?» — подумал он.

20

Преподаватель испанского позвонил в среду, накануне нашего ноябрьского отпуска. Был обеденный перерыв, мой напарник ушел в банк, а я сидел в кухне-столовой и ел спагетти, которые приготовила секретарша. Они были минуты на две передержаны и вместо базилика посыпаны мелко нарезанной периллой — но на вкус получилось неплохо. В самый разгар прений о способах приготовления спагетти зазвонил телефон. Секретарша взяла трубку — и через два-три слова передала ее мне, пожав плечами.

— Я насчет «Ракеты», — раздался голос. — Она нашлась.

— Где?

— Не телефонный разговор, — сказал он. Некоторое время мы оба молчали.

— Что вы имеете в виду?

— То, что по телефону это трудно объяснить.

— В смысле «лучше один раз увидеть»?

— Нет, — пробормотал он. — Даже если увидеть, все равно объяснить трудно.

Я не знал, что сказать в ответ, и ждал продолжения.

— Это я не для пущей важности или чтобы подразнить. Я просто хочу с вами встретиться.

— Понятно.

— Сегодня в пять вас устроит?

— Вполне, — сказал я. — Кстати, может заодно и поиграем?

— Конечно, поиграем, — сказал он. Мы попрощались, я повесил трубку и снова принялся за спагетти.

— Куда это ты собрался?

— Играть в пинбол. Куда именно, еще не знаю.

— В пинбол?

— Ну да. Запускаешь шарик...

— Знаю, знаю... Только почему вдруг пинбол?

— Действительно... В этом мире полно вещей, которые наша философия не в силах истолковать.

Она подперла щеку рукой и задумалась.

— А ты хорошо в пинбол играешь?

— Когда-то играл хорошо. Это была единственная область, где я мог чем-то гордиться.

— А я вообще ничем не могу.

— Значит, тебе и терять нечего.

Она снова задумалась. Я тем временем доел спагетти. Потом достал из холодильника джинджер-эль.

— В том, что может когда-нибудь потеряться, большого смысла нет. Ореол вокруг потери — ложный ореол.

— Кто это сказал?

— Не помню, кто. Но это правда.

— А разве в мире есть что-нибудь, что не может потеряться?

— Я верю, что есть. И тебе лучше в это верить.

— Постараюсь.

— Возможно, я слишком большой оптимист. Но не такой уж и дурак.

— Я знаю...

— Не хочу хвастаться, но это гораздо лучше, чем наоборот.

Она кивнула.

— Значит, ты сегодня вечером идешь играть в пинбол?

— Ага.

— Подними-ка руки.

Я поднял обе руки к потолку. Она внимательно обследовала свитер у меня подмышками.

— Все в порядке, иди играй.

☿

Встретившись в той же кофейне, что и в прошлый раз, мы сразу взяли такси. «Прямо по Мэйдзи-дори», — сказал таксисту преподаватель испанского. Такси тронулось, он достал сигареты, закурил и угостил меня. На нем был серый костюм и голубой галстук с тремя диагональными полосками. Рубашка тоже голубая, но несколько светлее галстука. На мне — синие джинсы и серый свитер, а на ногах — закопченные армейские ботинки. Я напоминал студента-двоечника, вызванного в профессорский кабинет.

Мы пересекли улицу Васэда. «Еще дальше?» — спросил таксист. «На Мэдзиро-дори», — сказал преподаватель. Такси повернуло на улицу Мэдзиро.

— Так далеко? — спросил я.

— Далековато, — ответил он и вынул вторую сигарету. Я следил за пейзажем, состоящим из бегущих за окном торговых рядов.

— Попотел изрядно, пока нашел, — сказал он. — Сначала прошелся по списку фанатов. Там человек двадцать, со всей страны, не только из

246

Токио. Связался с каждым; результат — нулевой. Сверх того, что нам уже известно, никто ничего не знал. Потом вышел на предпринимателя, который занимается подержанными автоматами. Найти его было несложно — сложным оказалось вытрясти из него список автоматов, которые через него прошли. Огромное количество!

Я кивнул, глядя, как он закуривает.

— Помогло то, что я смог точно указать отрезок времени. Февраль семьдесят первого года или около того. Это облегчило поиски — и я нашел то, что искал. «Гилберт и сыновья», «Ракета», серийный номер 165029. Утилизована третьего февраля семьдесят первого года.

— Утилизована?

— Сдана в металлолом. Помните «Голдфингер» с Джеймсом Бондом? Под пресс — и в переплавку. Или на морское дно.

— Но вы говорили...

— Слушайте дальше. Я подумал тогда, что все ясно, поблагодарил его и вернулся домой. Но на душе что-то скребло. Какой-то внутренний голос шептал, что дело обстоит иначе. На следующий день я сходил к нему еще раз, узнал адрес пункта по переработке металлолома — и отправился туда. Полчаса понаблюдал, что они делают с металлоломом, а потом зашел в контору и дал им свою визитную карточку. На неискушенных людей карточка университетского преподавателя обычно производит впечатление.

Вначале он говорил размеренно, но потихоньку его речь превратилась в скороговорку. Не знаю почему, но это действовало мне на нервы.

— Я сказал им, что пишу книгу и что для книги мне нужно знать, как перерабатывается металлолом. Они согласились помочь. Но о пинбольной машине, которая попала к ним в феврале семьдесят первого года, не знали ничего. Понятное дело, два с половиной года прошло, а тут такие детали... Им ведь что — свалили в кучу, раздавили, да и все. Тогда я задал еще один вопрос. А если мне у них что-нибудь понравится — ну, к примеру, стиральная машина или рама от велосипеда, — смогу ли я взять это себе, заплатив надлежащую сумму? Конечно, ответили они. И я спросил, не помнят ли они таких случаев.

Осенние сумерки заканчивались, на дорогу наплывала темнота. Мы приближались к черте города.

— Если вам нужны подробности, спросите у секретаря на втором этаже, сказали они. Я, естественно, поднялся на второй этаж и спросил. Мол, не забирали ли у вас пинбольной машины в семьдесят первом году? Забирали, — ответил секретарь. И кто же? — спросил я. Он дал мне телефонный номер. Как я понял, он звонит по этому номеру всякий раз, когда к ним поступает пинбольный автомат. Имеет за это какие-то деньги. Тогда я спросил, сколько же всего этот человек забрал пинбольных автоматов. Точно не помню, — сказал секретарь, — бывает, что он посмотрит и возьмет, а иногда и не станет брать. Я попросил его вспомнить хотя бы примерно. И он сказал, что никак не меньше пятидесяти.

— Пятидесяти?! — вскричал я.

— Именно, — сказал он. — И сейчас мы едем к этому человеку.

21

Темнота вокруг сгустилась окончательно. Но одноцветной эта темнота не была — она казалась густо обмазанной разноцветным слоем красок.

Приблизив лицо к оконному стеклу, я безотрывно смотрел на темноту. На удивление плоская. Срез бестелесной субстанции, располосованной острым лезвием на ломти — со своими собственными понятиями о том, что близко и что далеко. Крылья исполинской ночной птицы — они раскинулись у меня перед глазами, не желая пускать дальше.

Потянулись поля и рощи. Голоса мириад насекомых то затихали, когда приближалось жилье, то взрывались мощным подземным гулом. Похожие на скалы облака висели низко — казалось, на земной поверхности все втянуло головы в плечи и замолчало. Остались одни насекомые.

Мы больше не говорили ни слова, только курили — то я, то преподаватель испанского. Таксист тоже курил, не отрывая взгляда от освещенной фарами дороги. Я бессознательно постукивал пальцами по колену. Время от времени меня подмывало толкнуть дверь, выскочить и удрать.

Распределительный щит, песочница, водохранилище, гольфовое поле, заштопанный свитер, теперь пинбол... Куда меня все это заведет? На руках бессмысленно спутанные карты, в голове неразбериха. Дико захотелось домой. Прямо сейчас, немедленно — залезть в ванну, выпить пива, а потом нырнуть в теплую постель с сигаретой и Кантом.

Куда я несусь посреди этой темноты? Пятьдесят пинбольных машин — что за дичь! Это мне снится! Это бесплотный сон!

А трехфлипперная «Ракета» все зовет меня и зовет...

Ω

Преподаватель испанского остановил машину посреди пустыря, метрах в пятистах от дороги. Пустырь был плоским, он весь порос мягкой травой — ноги утопали в ней по щиколотку. Я вылез из машины, разогнул спину и глубоко вздохнул. Пахло курятником. Никаких фонарей вокруг. Только те, что стояли вдоль дороги, добавляли немного света, позволяя что-то различить. Нас окружали голоса бесчисленных насекомых. Казалось, они сейчас наползут снизу в штанины.

Некоторое время мы молча стояли, привыкая к темноте.

— Это еще Токио? — спросил я.

— Конечно... Непохоже, да?

— Похоже на край света.

Он молча покивал с серьезным видом. Мы курили, вдыхая аромат травы и запах куриного помета. Сигаретный дым плыл низко — он казался нам дымом от сигнальных костров.

— Там натянута металлическая сетка, — сказал преподаватель испанского, выставил вперед руку, как стрелок на тренировке, и ткнул пальцем в темноту. Напрягая зрение, я смог различить что-то похожее на сетку.

— Пройдите вдоль сетки метров триста. Упретесь в склад.

— Склад?

Он кивнул, не глядя на меня.

— Да, довольно большой, сразу поймете. Бывший холодильник птицефермы. Теперь не используется, птицеферма обанкротилась.

— А курами все равно пахнет, — сказал я.

— Курами?.. А, ну это уже в землю впиталось. В дождливые дни еще хуже. Иной раз будто слышишь, как крылья хлопают.

Что находилось там, куда вела металлическая сетка, было не разглядеть. Только жуткая темень. В такой даже насекомым тяжело стрекотать.

— Складская дверь открыта. Хозяин должен был ее для вас открыть. Машина, которую вы ищете, — внутри.

— А вы сами там были?

— Один раз только... Один раз пустили...

Он покивал головой с зажатой в зубах сигаретой. Оранжевый огонек подергался в темноте.

— По правую руку от входа — выключатель. На лестнице будьте осторожны.

— А вы не пойдете?

— Идите один. Такой уговор.

— Уговор?

Он бросил сигарету в траву под ногами и тщательно затоптал.

— Да. Туда не всех пускают. На обратном пути не забудьте свет выключить.

Воздух потихоньку остывал. Холод шел из земли, окутывая все вокруг нас.

— А с хозяином вы когда-нибудь встречались?

— Встречался, — ответил он после некоторой паузы.

— И что это за человек?

Пожав плечами, он достал из кармана носовой платок и высморкался.

— Человек как человек, ничего особенного... По крайней мере, внешне ничего особенного.

— А зачем ему пятьдесят пинбольных машин?

— На свете разные люди бывают, вот и всё...

Мне не казалось, что это всё. Тем не менее, поблагодарив своего спутника, я один двинулся вдоль металлической сетки птицефермы. Это далеко не всё, думал я. Собрать у себя пятьдесят пинбольных машин — это не то же самое, что собрать пятьдесят винных этикеток...

В темноте склад был похож на присевшего зверя. Вокруг плотно разрослась высокая трава. В торчащей из нее пепельно-серой стене не было ни одного окна. Мрачное строение. Над железной двухстворчатой дверью — жирный слой белой краски. Наверное, замалевали название птицефермы.

Шагов за десять до здания я остановился и оглядел его. Никаких умных мыслей в голову не приходило, как я ни старался. Тогда, подойдя ко входу, я толкнул холодную как лед дверь. Она бесшумно отворилась — и моим глазам предстала темнота совершенно иного рода.

22

Я нашарил на стене выключатель. Лампы дневного света на потолке затрещали, замигали — и через несколько секунд склад переполнился белым светом. Этих белых ламп было не меньше сотни. Склад оказался гораздо шире, чем выглядел снаружи, но свет все равно подавлял своим количеством. Я даже зажмурился. А когда снова открыл глаза, то темнота исчезла совсем — остались только молчание и холод.

Склад изнутри действительно походил на гигантский холодильник — скорее всего, здание и строилось с такой целью. Потолок и стены без окон покрывала блестящая белая краска, вся заляпанная пятнами желтого, черного и других, менее вразумительных цветов. Стены были страшно толстыми — это становилось ясно с первого взгляда. Будто тебя запихали в свинцовую коробку. Меня охватил страх никогда отсюда не выбраться, и я несколько раз обернулся на входную дверь. Вот ведь бывают здания — что способны сделать с человеком!

Самым благожелательным сравнением для того, что я увидел, было бы кладбище слонов. Только вместо белых слоновьих скелетов с поджатыми ногами бетонный пол от края до края покрывали вереницы пинбольных машин. Стоя на верхней ступеньке лестницы, я безотрывно смотрел на этот невиданный пейзаж. Рука бессознательно зажала рот, потом вернулась обратно в карман.

Жуткое количество пинбольных автоматов. Семьдесят восемь — вот сколько их оказалось на самом деле. Я тщательно пересчитал несколько раз. Семьдесят восемь, точно. Выстроившись в восемь колонн, они упирались в противоположную стену склада. Их будто выровняли по расчерченной мелом на полу сетке — они не отклонялись от нее ни на сантиметр. И все это находилось в абсолютной неподвижности — как муха, застывшая в акриловой смоле. Ни микрона движения. Семьдесят восемь смертей и семьдесят восемь молчаний. Я рефлекторно шевельнулся. Мне показалось: если я не шевельнусь, меня тоже причислят к стае этих горгулий.

Было холодно. И пахло мертвыми курами.

Я медленно спустился по узкой бетонной лестнице в пять-шесть ступенек. Внизу было еще холоднее. К тому же, я вспотел. Пот был неприятен. Я достал из кармана носовой платок и немножко обтерся — только подмышки остались мокрыми. Сел на нижнюю ступеньку, дрожащими пальцами сунул в зубы сигарету. Нет, не так я хотел встретиться со своей трехфлипперной. Или, может, это она так хотела?

Голоса насекомых не долетали сквозь закрытую дверь. Идеальная тишина навалилась на все вокруг тяжелой росой. Семьдесят восемь пинбольных машин упирались в пол тремястами двенадцатью ногами и стойко выдерживали эту тяжесть, которой больше некуда было деться. Грустное зрелище.

Сидя на ступеньке, я попробовал просвистеть первые четыре такта из «Jumping With The Symphony Sid». Стэн Гетц плюс ритм-секция: *Хед*

Шейкинг и *Фут Тэппинг*. В огромном, пустом холодильнике свист прозвучал на удивление красиво. Немного придя в себя, я просвистел следующие четыре такта. Затем еще четыре. Казалось, всё вокруг навострило уши. Естественно, никто не мотал головой и не топал ногами. Но впечатление было такое, что каждый уголок склада старательно впитывает мой свист.

— Холодно-то как... — проворчал я, досвистев с горем пополам до конца. Зазвучавшее эхо не имело ничего общего с моим голосом. Ударившись в потолок, оно покружилось в воздухе и сгустилось внизу. Я вздохнул, не выпуская из зубов сигарету. Не сидеть же здесь до бесконечности, разыгрывая театр одного актера. А если просто сидеть, то холод и куриная вонь проберут до костей. Я встал, отряхнул с брюк налипшую грязь. Затоптал окурок и сунул его в стоявшую рядом жестяную банку.

Пинбол, пинбол... Я ведь здесь из-за него... От холода даже голова плохо соображает... Подумаем... Пинбол... Пинбол на семидесяти восьми машинах... Хорошо, приступим. Где-то в этом здании должен быть рубильник, воскрешающий семьдесят восемь пинбольных машин... Надо включить... Что-нибудь нажать...

Засунув обе руки в карманы джинсов, я медленно двинулся вдоль стены. Ее плоский бетон тут и там разнообразили болтающиеся обрывки электропроводки и обрезки свинцовых труб, оставшиеся от холодильного оборудования. Зияли дыры от разных приборов, счетчиков, муфт, переключателей — с какой же силой их отсюда выдирали! Сама стена была на удивление гладкая, почти скользкая — по ней будто прополз исполинский слизняк. А здание оказалось еще шире, чем казалось. Для холодильника птицефермы слишком уж широкое.

На другой стороне, прямо напротив лестницы, по которой я сюда спустился, была еще одна такая же. А на ее верхней площадке — еще одна железная дверь. Всё абсолютно одинаковое — на миг даже почудилось, что я совершил полный круг. Интереса ради я толкнул дверь рукой — она даже не шелохнулась. Ни задвижки, ни ключа в ней не было: ее словно нарисовали, настолько она была неподвижна. Я оторвал от нее руку, бессознательно вытер пот с лица. Пахло курами.

Рубильник отыскался сбоку от этой двери. Довольно большой. Я замкнул его — и склад разом наполнился низким подземным гулом. По спине пробежал холодок. И тут словно тысячи птичьих стай захлопали крыльями. Я оглянулся на холодильник. Семьдесят восемь пинбольных машин вбирали в себя электричество и шумно выбрасывали тысячи нулей на свои табло. Когда птичий шум затих, остался резкий электрический гул пчелиного роя. Склад наполняли эфемерные жизни семидесяти восьми пинбольных автоматов. Машины мигали всеми цветами своих игровых полей и что было сил рисовали мечты на приборных досках.

Спустившись с лестницы, я медленно пошел меж автоматов — как генерал, производящий смотр войск. Там были классические машины, виденные мною только на фотографиях, а были и хорошо знакомые по игровым центрам. Были даже такие, что канули в вечность, не оставив о себе никакой памяти. Кто теперь помнит, как звали астронавта, изображенного на панели «Дружбы-7» от фирмы «Вильямс»? Имя — Гленн, а фамилия? Начало шестидесятых... Вот фирма

«Бэлли», машина под названием «Гран-турне» — голубое небо, Эйфелева башня, счастливый американский турист... Фирма «Готтлиб», «Короли и дамы», восемь ролловеров. Картежник с красиво постриженными усами, беспечным выражением лица и носками на резинках, за одной из которых — пиковый туз.

Супермены, монстры, футболисты, астронавты — и женщины, женщины... Банальные мечты, выцветшие и истлевшие в сумраке игровых центров. Герои и красавицы, улыбающиеся мне отовсюду. Блондинка, брюнетка, еще блондинка, пепельная, рыжая, смуглая мексиканка, чей-то «понитэйл», гавайская девушка с волосами до пояса, Анн-Маргрет, Одри Хэпберн, Мэрилин Монро... Каждая гордо выпячивает свои замечательные груди. Они торчат то из блузки с расстегнутыми до пупа пуговицами, то из купальника, то из бюстгальтера с заостренными чашечками... Груди, никогда не теряющие форму, но безнадежно выцветшие. Еще и лампы мигают под ними, словно вторя ударам сердца. Семьдесят восемь пинбольных машин, кладбище старых мечтаний — таких старых, что даже воспоминания здесь не родятся. И я медленно иду сквозь.

Трехфлипперная «Ракета» ждала меня в другом конце колонны. Зажатая среди ярко напомаженных соседок, она выглядела тихоней. Словно присела в лесу на камушек — и ждала. Я остановился перед ней и смотрел на такую знакомую доску. Темная синева космоса, как от пролитых чернил. Маленькие белые звезды. Сатурн, Марс, Венера... Среди всего этого плывет белоснежный космический корабль. Его иллюминаторы освещены, а внутри атмосфера семейного праздника. И несколько метеоров чертят линии по космической тьме.

Игровое поле тоже ничуть не изменилось. Все такое же темно-синее. Белеют мишени — словно зубы высыпались из улыбки. Индикатор призовой игры в форме звезды из десяти лампочек неспешно гоняет туда-сюда лимонно-желтую вспышку. Две лунки на вылет — Сатурн и Марс. Роторная мишень — Венера... И всё в какой-то летаргии.

Привет, сказал я. Или не сказал. Во всяком случае, оперся на стеклянный лист ее игрового поля. Стекло было холодным как лед; десять теплых пальцев оставили на нем белесые отпечатки. Машина вдруг улыбнулась мне, точно проснувшись. Такая знакомая улыбка... Я тоже улыбнулся в ответ.

Как давно мы не виделись, сказала она. Я сделал задумчивое лицо и начал загибать пальцы. Три года, вот сколько. Всего-навсего.

Мы оба кивнули и замолчали. Будь это в кафе, мы бы сейчас прихлебывали кофе и теребили кружевные занавески.

Я о тебе часто думаю, сказал я. И почувствовал себя ужасно несчастным.

Когда не спится?

Да, когда не спится, повторил я. Она всё улыбалась.

Тебе не холодно?

Холодно. Очень холодно.

Тебе лучше здесь недолго быть. Слишком холодно для тебя.

Наверно, ответил я. Чуть дрожащей рукой вытащил сигарету, закурил, затянулся.

Сыграть не хочешь?

Не хочу, ответил я.

Почему?

Мой личный рекорд — сто шестьдесят пять тысяч. Помнишь?

Конечно, помню. Это ведь и *мой* личный рекорд.

Не хочу его марать.

Она молчала. Только десять лампочек призовой игры поочередно помигивали. Я курил, глядя под ноги.

А зачем тогда пришел?

Ты звала...

Разве?.. Она растерялась, смущенно заулыбалась... Ну, может быть... Может, и звала...

Еле тебя нашел.

Спасибо, сказала она. Расскажи что-нибудь.

Все теперь по-другому, сказал я. Вместо нашего игрового центра — круглосуточная пончиковая. Там теперь пьют отвратительный кофе.

Прямо-таки отвратительный?

В одном старом диснеевском мультике умирающая зебра пила грязную воду точно такого же цвета.

Она прыснула. Улыбалась она хорошо. А город был противный, сказала вдруг с серьезным видом. Все грубое, все грязное...

Время такое было...

Она покивала. А сейчас ты чем занят?

Перевожу.

Романы?

Нет, сказал я. Так, накипь повседневности. Переливаю воду из одной канавы в другую.

Неинтересно?

Даже не знаю. Не думал об этом.

А девушка есть?

Боюсь, не поверишь — я сейчас живу с двумя близняшками. Вот кто варит потрясающий кофе!

Некоторое время она чему-то улыбалась, глядя в воздух.

Удивительно, правда? Чего у тебя только не произошло!

Какое там «произошло»... Только исчезло.

Тяжело?

Да нет, покачал я головой. То, что родилось из ничего, вернулось обратно. Всего и дел.

Мы опять замолчали. Все, что у нас было общего — обрывок давно умершего времени. Но старые теплые огоньки еще блуждали в моей душе. Когда смерть схватит меня, чтобы опять забросить в Горнило Пустоты, я пойду туда вместе с этими огоньками.

Кажется, тебе уже пора, сказала она.

Холод и вправду становился все нестерпимее. Трясясь всем телом, я затоптал сигарету.

Хорошо, что пришел. Может, уже и не встретимся. Счастливо!

Спасибо, сказал я. До свидания.

Пройдя вдоль пинбольных рядов, я поднялся по лестнице и разомкнул рубильник. Электричество вышло из машин, как воздух, они погрузились в идеальное молчание и сон. Я снова пересек склад, снова поднялся по лестнице, выключил свет, закрыл за собой дверь — и за все это долгое время ни разу не оглянулся. Ни единого раза я не посмотрел назад.

Ф

Когда, поймав такси, я добрался до дома, время подходило к полуночи. Близняшки лежали в кровати с еженедельником и разгадывали кроссворд. Я был жутко бледен и с ног до головы вонял курами из холодильника. Засунул всю одежду в стиральную машину, прыгнул в горячую ванну. В надежде вернуться к нормальным людям отогревался там полчаса — но пропитавший меня холод и после этого не хотел никуда уходить.

Близняшки вытащили из шкафа газовую плитку, развели огонь. Минут через пятнадцать дрожь улеглась, я перевел дух, подогрел и выпил банку лукового супа.

— Теперь нормально, — сказал я.

— Правда? — спросила одна.

— Еще холодный, — нахмурилась другая, не отпуская моего запястья.

— Сейчас согреюсь.

Мы нырнули в постель и отгадали последние два слова в кроссворде. Одно было «форель», другое — «тротуар». Я быстро согрелся, и друг за дружкой мы провалились в глубокий сон.

Мне приснился Троцкий и четыре северных оленя. На всех четырех оленях были шерстяные носки. Ужасно холодный сон.

23

Крыса больше не встречался со своей женщиной. Даже перестал смотреть на свет из ее окон. Более того — к ее окнам он вообще теперь не приходил. В темноте его души повисел белый дымок, как над задутой свечой, — и бесследно растаял. Наступило Черное Безмолвие. Что остается, когда слой за слоем сдерешь с себя всю внешнюю оболочку? Этого Крыса не знал. Гордость?.. Лежа на кровати, он часто рассматривал собственные руки. Да, наверное, без гордости человек и жить бы не смог... Но одна гордость — это как-то мрачно. Слишком уж мрачно...

Расстаться с ней было несложно. Просто в одну из пятниц он ей не позвонил. Наверное, она ждала его звонка до глубокой ночи. Думать об этом было тяжело. Рука сама несколько раз тянулась к аппарату — но Крыса сдерживался. Надев наушники и врубив полную громкость, он крутил одну пластинку за другой. Он понимал: женщина не станет ни звонить, ни приходить. Просто ничьих звонков ему слышать не хотелось.

Наверное, она прождала до двенадцати. Потом умылась, почистила зубы и легла. Подумала: он позвонит завтра утром. Выключила свет и уснула. В субботу утром звонка опять не было. Она открыла окно, приготовила завтрак, полила цветы. И ждала до середины дня — а потом уж точно перестала. Причесалась перед зеркалом, потренировала улыбку. И наконец решила: так тому и быть.

Все это время Крыса сидел в комнате с наглухо зашторенными окнами и пялился на стрелки настенных часов. Воздух в комнате неподвижно застыл. Несколько раз приходила дремота. Стрелки часов уже не несли никакого смысла, это были просто вертящиеся светотени. Тело медленно теряло тяжесть, теряло восприимчивость, теряло само себя. Сколько времени я уже так просидел? — думал Крыса. Белая стена напротив зыбко колыхалась с каждым его вздохом. Пространство вокруг угрожающе сгущалось. Почувствовав, что дальше уже не вытерпеть, Крыса встал и отправился в душ. Не выходя из одурения, побрился. Потом вытерся, достал из холодильника апельсиновый сок, выпил. Надел новую пижаму, лег в постель. Подумал: теперь всё кончилось. И крепко заснул. Необыкновенно крепко.

24

— Решил уехать из города, — сказал Крыса Джею.

Было шесть вечера, бар только что открылся. Стойка навощена, в пепельницах ни единого окурка. Ряды начищенных бутылок этикетками вперед, треугольники новых бумажных салфеток, солонка и бутылочка табаско на маленьком подносе. Джей смешивал соусы в трех специальных мисках, и в воздухе плавали брызги чесночного тумана.

Фраза прозвучала за постриганием ногтей над пепельницей.

— Уехать?.. Куда уехать?

— Не знаю... В другой город... Не очень большой...

Джей взял воронку, перелил все три соуса в три бутылочки, поставил их в холодильник и вытер руки полотенцем.

— И что ты там будешь делать?

— Работать.

Крыса достриг ногти на левой руке и разглядывал пальцы.

— А здесь что, нельзя?

— Нельзя... Пива хочу.

— Угощаю.

— Благодарю.

Крыса медленно налил пива в охлажденный стакан, одним глотком отпил половину.

— И не спрашиваешь, почему здесь нельзя?

— Мне кажется, я понимаю.

Крыса прищелкнул языком.

— В том-то и дело, Джей. Здесь каждый всё про тебя понимает — уже не надо ни вопросов, ни ответов. И никто отсюда ни ногой. Даже не хочется говорить, но... По-моему, я здесь сильно подзадержался.

— Ну, может быть, — помолчав, сказал Джей.

Крыса сделал еще глоток и начал состригать ногти на правой руке.

— Я ведь много думал. В конце концов, везде то же самое, это наверняка. Но я все равно уеду. Даже если там то же самое.

— И больше не вернешься?

— Ну, вернусь когда-нибудь. Рано или поздно. Это же не побег...

Крыса протянул руку к блюдцу с арахисом, расколол морщинистую скорлупку, бросил в пепельницу. Взял салфетку, вытер место на стойке, запотевшее от холодного стакана.

— Когда уезжаешь?

— Завтра, послезавтра, не знаю. Постараюсь в ближайшие три дня. Уже собрался.

— Не ожидал...

— Ага... Ну, тебе-то от меня одно беспокойство было...

— Всякое бывало, — кивнул Джей, протирая сухой тряпкой стаканы в буфете. — Но ведь прошлое — это прошлое, вспоминается, как сон...

— Возможно. Только боюсь, придется долго ждать, пока я тоже приду к такой мысли.

Джей подумал и усмехнулся.

— Да уж... Иногда забываешь, что у нас двадцать лет разницы.

Крыса перелил остатки пива в стакан и медленно выпил. До такой степени медленно он пил пиво впервые.

— Еще бутылку?

Крыса помотал головой.

— Нет, не надо. Я вот эту выпил как свою последнюю. Как последнюю *здесь*.

— Больше не придешь?

— Думаю, нет. Тяжело будет.

Джей рассмеялся.

— Но когда-нибудь увидимся еще?

— Когда увидимся, ты меня не узнаешь.

— По запаху пойму!

Крыса еще раз не спеша посмотрел на постриженные ногти. Насыпал в карман остатки арахиса, вытер салфеткой рот — и встал с табурета.

☿

Ветер дул беззвучно, он будто скользил по просветам в темноте. Мелко тряс ветви деревьев над головой, методично срывал с них листья и бросал вниз. Упав с сухим шорохом на крышу машины и покружив по ней, листья съезжали по лобовому стеклу и скапливались у крыла.

В роще кладбищенского парка Крыса был один. Растеряв все слова, он глядел сквозь лобовое стекло. В нескольких метрах впереди терраса обрывалась — дальше был темный воздух, море и огни ночного города. Ссутулившись, не выпуская руля и не шевелясь, Крыса безотрывно смотрел на одну точку в пространстве. Кончик незажженной сигареты, зажатой меж пальцев, рисовал в воздухе сложные, бессмысленные узоры.

После разговора с Джеем Крыса снова был в прострации. Плохо связанные друг с другом потоки сознания разбежались в разные стороны, и Крыса не знал, сойдутся ли они снова. Черная река рано или поздно фатально впадает в безбрежное море — тогда ее рукава уже не сходятся. Двадцать пять лет, прожитых только для этого... Зачем? — спрашиваешь самого себя. Не понять... Хороший вопрос, а ответа нет. На хорошие вопросы никогда не бывает ответов.

Ветер усиливался. Он уносил в далекие миры слабое тепло человеческих занятий и зажигал бесчисленные звезды в освободившейся холодной темноте. Крыса оторвал руки от руля, покатал сигарету в губах и, словно вспомнив, чиркнул зажигалкой.

Немного болела голова. И чудились чьи-то холодные пальцы, сдавившие виски. Крыса тряс головой, прогонял мысли. Это помогало.

Вынув большой дорожный атлас, он медленно переворачивал страницы. Вслух зачитывал названия городов — подряд, какие попадались. Большей частью маленькие, с незнакомыми названиями, они тянулись вдоль дорог без конца и края. После нескольких страниц на Крысу вдруг нахлынула гигантская волна усталости, скопившейся за последние дни. В крови поплыли медленные остывшие сгустки.

Хотелось уснуть.

Сон все вычистит, так казалось. Стоит только поспать...

Он закрыл глаза — и в ушах зашумели волны. Зимние волны, что бьются о волнолом, протискиваясь меж бетонных блоков тонкими струями.

Можно больше никому ничего не объяснять, подумал Крыса. Морское дно теплее любого города. Там, наверное, только покой и тишина. Всё, больше ни о чем не хочу думать. Больше ни о чем...

25

Пинбольный гул разом и навсегда исчез из моей жизни. Вместе с ним ушли мысли о тупике. Конечно, это еще нельзя считать Окончательной Развязкой, достойной короля Артура и рыцарей Круглого Стола. До развязки пока далеко. Когда лошади истощены, мечи поломаны и доспехи в ржавчине, я лучше поваляюсь на лугу, сплошь заросшем *кошачьей забавой,* спокойно слушая ветер. А потом пойду туда, куда должен пойти — будь то дно водохранилища или холодильник птицефермы.

Эпилог здесь возможен разве что символический — как бельевая веревка под грозовой тучей.

Вот он.

Близняшки купили в супермаркете коробку ватных тампончиков. Триста палочек, обмотанных ватой и уложенных в коробку. Когда я вылезал из ванны, девчонки усаживались по обе стороны от меня и принимались чистить мне сразу оба уха. Это у них получалось здорово. Я любил сидеть с закрытыми глазами, прислушиваясь к деловитому шуршанию тампончиков и потягивая пиво. Но однажды случилось так, что в самый разгар процедуры я чихнул. И моментально потерял едва ли не весь слух.

— Меня слышишь? — спрашивала правая.

— Чуть-чуть, — отвечал я. Собственный голос звучал где-то в глубине носа.

— А меня? — спрашивала левая.

— И тебя чуть-чуть.

— Нашел время чихать.

— Дурачина.

Я вздохнул. Точно две кегли разговаривали со мной с другого конца дорожки — самая правая и самая левая. Две кегли, оставшиеся несбитыми.

— Водички попей, вдруг поможет, — сказала одна.

— Какой еще водички!!! — заорал я.

Они все-таки заставили меня выпить чуть ли не ведро воды. От нее только живот раздулся. Боли в ушах не было — наверное, просто серу протолкнуло чихом в глубину. Другого объяснения в голову не приходило. Я достал из шкафа два фонарика, и девчонки долго светили мне в уши, напряженно всматриваясь вглубь.

— Ничего нету.

— Ни сориночки.

— Почему ж они не слышат?! — снова заорал я.

— Срок годности истек.

— Глухой теперь будешь.

Не слушая их больше, я взял телефонную книгу и позвонил ближайшему отоларингологу. Голос в трубке был еле различим, и говорившая со мной сестра посочувствовала мне. Приходите быстрее, — сказала она, — клиника еще открыта. Мы быстро оделись, выскочили на улицу и зашагали по автобусному маршруту.

Врач, женщина лет пятидесяти, вместо прически носила какие-то проволочные заграждения, но все равно выглядела располагающе. Открыв двери приемной, она двумя хлопками заставила девчонок умолкнуть, потом предложила мне стул и без видимого интереса спросила, что случилось.

— Понятно, — сказала она, когда я все объяснил, — больше не кричите. — Достала огромный шприц без иглы, засосала в него побольше жидкости янтарного цвета, вручила мне какой-то жестяной мегафон и велела держать под ухом. Затем ввела шприц. Янтарная жидкость, как стадо зебр, ринулась мне в ухо, переполнила его и полилась в мегафон. Промывание повторилось три раза, потом в ухе потрудился ватный тампончик. Так же обработали второе ухо. Когда процедура закончилась, слух полностью вернулся.

— Все нормально!

— *Это сера.*

Лаконичный ответ доктора походил на строчку детского стишка. Мы словно играли в рифмы.

— А не видно было...

— *Криво.*

— *?*

— Ушной канал у вас совсем кривой. Обычно прямее.

На спичечном коробке она нарисовала мой ушной канал. Формой он напоминал металлический уголок, какими укрепляют мебель.

— Вот завалится ваша сера за этот угол, тогда уже никто не достанет.

Я застонал.

— Что же делать?

— Что делать... Внимательнее быть, когда уши чистишь. *Внимательнее.*

— А эта кривизна, она больше ни на что не влияет?

— Как это?

— Ну, например... психически?

— *Не влияет.*

Домой мы шли четверть часа — окольным путем, через поле для гольфа. На одиннадцатой лунке фервей изгибался «собачьей ногой», напоминая мне об ушном канале. Флажки казались ватными тампончиками. И это еще не все. Закрывшее луну облако напоминало эскадрилью самолетов «В-52», густая роща на западе — пресспапье в форме рыбы, звездное небо — заплесневелую петрушку... Впрочем, хватит. Самое главное, что мои уши теперь прекрасно различали все на свете. Мир сбросил вуаль. Я слышал, как на многие километры вокруг поют ночные птицы, люди закрывают окна и говорят о любви.

— Как хорошо, — сказала одна.

— И правда хорошо, — отозвалась другая.

Ⓞ

Как отмечал Теннесси Уильямс, о прошлом и настоящем говорят как есть. А говоря о будущем, добавляют «вероятно».

Но когда я оглядываюсь на потемки, через которые мы брели, то не вижу там ничего определенного — только «вероятное». Ведь мало того, что воспринимать нам дано лишь мгновения, именуемые «настоящим», — даже сами эти мгновения проскальзывают мимо нас, почти не задевая.

Вот о чем я думал, когда провожал близняшек. Мы шли через гольфовое поле к автобусной остановке — и всю дорогу я молчал. Было воскресенье, семь утра, над нами раскинулось пронзительно голубое небо. Газон под ногами наполняло предчувствие смерти — впрочем, недолгой, до весны. Скоро траву затянет ледяной коркой; может, даже завалит снегом. И снег заискрится на утреннем солнце. А пока одетый в белое газон хрустит под нашими ногами.

— О чем думаешь? — спросила одна.

— Ни о чем, — ответил я.

На них были подаренные мною свитера. Футболки и прочую мелочь они несли в бумажном пакете.

— И куда вы поедете? — спросил я.

— Обратно.

— Откуда пришли.

Мы перепрыгнули песчаный бункер, прошли по длинному фервею до восьмой лунки, спустились по эскалатору. Огромное количество мелких птиц наблюдало за нами с газона и проволочной сетки.

— Даже не знаю, как сказать, — проговорил я. — Скучать я без вас буду...

— Не только ты!

— Мы тоже!

— И все равно уедете?

Обе кивнули.

— А вам правда есть куда ехать?

— Конечно, — сказала одна.

— Иначе бы не ехали, — добавила другая.

Мы перелезли через сетку, миновали рощу, вышли к остановке и сели на скамейку ждать автобус. В воскресное утро остановка была замечательно тихой, ее заливали мягкие солнечные лучи. Сидя на солнышке, мы поиграли в рифмы. Минут через пять подошел автобус. Я выдал им денег на билеты.

— Увидимся еще? — спросил я.

— Где-нибудь, — сказала одна.

— Где-нибудь, конечно, — добавила другая.

Их слова эхом отозвались у меня в душе.

Двери автобуса захлопнулись, близняшки помахали из окна. Всё повторялось... Я один вернулся той же дорогой. В залитой осенним солнцем квартире поставил «Rubber Soul». Сварил кофе. А потом до самого вечера сидел у окна и смотрел, как мимо проходит день. Прозрачное и тихое ноябрьское воскресенье.

Блюз простого человека

Занавес

Не я придумал, что проза Харуки Мураками похожа на музыку. Только слышит ее каждый по-разному. Кому-то — веселый горячий джазец, кому-то — прохладная медленная импровизация. Кто-то видит Джона Траволту, танцующего перед зеркалом во вспышках стробоскопа, кто-то сам начинает колотить по приборной доске, не попадая в такт «Лавин Спунфул» или «Бич Бойз» из хриплого динамика старенькой «субару».

Я вижу, как на сцену просто выходит человек. В луче фонаря ставит допотопную магнитолу на пол, нажимает стертую кнопку «play». И, чуть покачиваясь под дисгармоничные воспоминания о чем-то далеком, рассказывает нам свою историю. Всем нам, застывшим в темноте холодного зала. И мы смотрим на него, стараясь не растаять в этой пустоте...

Ложа

Критики называют Харуки Мураками «современным молодым писателем», нагляднее прочих отразившим Дух Метрополии. Под «Духом Метрополии» понимаются отнюдь не чувства, переживания и запахи обитателей больших городов, но сам воздух пространства «бетонных джунглей» —

уже после того, как в нем стерты все следы пребывания людей. Совершенно неорганической и дегуманизированной Метрополии, в которой больше не осталось никаких «я» или «мы». В этом двумерном абстрактном городском пространстве неоновой информации и пиктограмм не живут люди — и даже персонажи не живут. Так называемые «живая реальность» и «человеческое существование» стали раритетами, а мы в своей повседневности касаемся лишь мусора, исторгаемого на нас телеэкранами, радиоприемниками, уокмэнами, газетами и журналами. Реальность «нормальной» жизни практически кончилась. Поздравляем, говорят критики. Городские обитатели утратили опыт живого общения с себе подобными — они лишь способны впитывать холодную информацию, к примеру — о новой марке растворимой лапши или последней раскрашенной иллюзии японской мыльной оперы с уместным названием «дорама».

Литература едва ли способна угнаться за отражениями быстро меняющихся сцен городского распада. Язык подлинной плоти и крови, которым пользовались писатели прошлого, уже немеет от неспособности описать то, что видят глаза и слышат уши.

Не таков Мураками, говорят нам критики. Дух Метрополии растворен в самом его стиле — там не найдешь приемов «живой реальности» или «подлинных чувств», которые ранее поддерживали писателей традиционных школ. Мураками, кажется, всерьез заинтересован внешним лоском Метрополии, его радует счастье городского потребительства. Вернее — он притворяется. И само притворство его наслаждения становится особым и весьма выразительным литературным языком.

Книги Мураками изобилуют названиями пластинок и рок-групп, именами кинорежиссеров и джазовых исполнителей, брэндами стиральных порошков и марками машин. Это не намеренный прием — просто автор считает, что эти знаки и символы культуры и цивилизации больше знакомы обитателям Метрополии, чем так называемая «жизнь». Из них легче создать коллаж моментальных снимков, нежели живописное городское полотно. И уж конечно он гораздо вернее отразит первоисточник, правдивее покажет модель.

В своих романах Мураками выбирает из кучи разноцветного яркого хлама городских информационных помоек то, что ему нравится, и одновременно видоизменяет эти знаки. Его герои, например, по большей части, не говорят на том языке, какой использовался бы в нормальном повседневном общении, — они предпочитают перебрасываться цитатами из любимых писателей всего мира и строчками популярных песенок, становясь ходячими каталогами потребительских товаров и носителями рекламных плакатов. Их реплики превращаются в монологи закоренелых аутистов, в крайние выражения клаустрофобии. В романах «Слушай песню ветра» и «Пинбол-1973» большинство диалогов, происходящих преимущественно в баре Джея, в машинах или постелях, отнюдь не касаются тем «живой реальности». Герои вольготно обсуждают лишь писателей, сновидения, кинофильмы и книги. И — почти не движутся. Они обязательно должны лежать или сидеть: в современной городской среде «живой круг» сузился неимоверно, почти до точки, а информационное поле — расширилось чуть не до бесконечности.

Мир по Мураками очень часто пассивен и крохотен; пуще всего автор боится изобразить сцену, которая может вызвать хаос. Как и его герои за стенами и экранами пластинок, комиксов и постеров, он прячется в своих книгах только за самыми любимыми вещами и интерьерами. И эти символы только подчеркивают внутреннюю клаустрофобию, хватают за горло, душат...

Сам автор, правда, не согласен с критиками: *«Я не беззаботен, и я — не певец Метрополии. Есть вещи, которые мне категорически не нравятся, я живу в плоти и крови, и у меня есть реальный жизненный опыт. Я обманывал других людей, люди обманывали меня... Однако я считаю: стоит критиковать какие-то аспекты наших современных городов. Такая жизнь потребления и наслаждения не может продолжаться вечно. Настанет день, и она рухнет и исчезнет...»*

Школьные годы «послевоенного ребенка» Харуки Мураками пришлись на 1960-е — эру вьетнамской войны, студенческих диспутов и оголтелого политиканства. А кроме того — беспрецедентного эмоционального выплеска, своим носителем нашедшего универсальное средство: рок-музыку. О раскрепощении чувств, символическим пиком которого стало «лето любви», мы скромно, как и сам Мураками, умолчим. Это поразительное сочетание несвободы (политика) и свободы (музыка) и породило на свет тот поверхностный безбашенный и бесшабашный нигилизм, под которым таилась бездна отчаянья.

В 1968—69 годах идеологические распри японских университетов вылились в создание «Всестуденческого Конгресса Разногласий», активное участие в деятельности которого принимал Харуки Мураками: в отличие от существовавших тогда органов студенческого самоуправления, это были дискуссионные группы, основанные новыми политическими партиями левого толка и неорганизованными одиночками. Старшее поколение родителей в то время утверждало: «У нас есть только политика», — а молодежь резонно отвечала: «А мы еще слушаем "Битлз"». Однако уже следующему поколению «молодой шпаны», свято верившей, что у нее есть только музыка и ничего кроме, «бэби-бумеры» могли, не кривя душой, сказать: «Но у нас есть еще и политика». К началу следующего десятилетия такие актуальные вопросы выдохлись окончательно. Пришла пора выпускных экзаменов.

Протагонисту Мураками в 1967 году исполнилось 20 лет, в 70-х он откроет то ли переводческую, то ли рекламную компанию, возненавидит свою работу, поскольку она станет его единственной точкой контакта с обществом. Мальчик так и не повзрослеет. Мальчик не захочет взрослеть никогда. Такое вот замедленное развитие. И хотя все книги Мураками — в сущности, об этой «поре взросления», мы почти не видим в них родителей или семей героев — вообще никого из «поколения отцов». В феврале 1980 года он так писал об американском фильме «Молодое поколение» в журнале «Кинема», считая, что появление родителей в нем уничтожило его: *«Юность или так называемое отрочество основаны на вымысле. Навязывать им окружающую реальность чревато полным провалом. Нужно не описывать ее, а выражать — и как можно точнее».* Чем не исчерпывающее толкование «Ветра» и «Пинбола»? Связь времен? Ну-ну... Питеру Пэну это в голову не приходило.

И не забудем об отчаянии. Водораздел «бэби-бума» пришелся в аккурат на пору взросления: 1970 год, точка отсчета «Трилогии Крысы». Заметим, что именно тогда, вместе с необходимостью дальнейшего выбора «жизненного пути», в теле Крысы начинает формироваться «овца» — трагический символ, который отдельные критики интерпретируют как позыв к традиционно японской авторитарной власти. Решительностью и мужеством (т.е. — самоубийством) Крысе удается спасти мир от нечисти. История «овцы», разумеется, на этом закончиться не могла, но генезис образа, обозначенный в «Ветре» и «Пинболе», достигший кульминации в «Охоте на овец» и еще отдающийся смутными реверберациями в «Дэнсе», по словам Кавамото Сабуро, подвел Мураками к необходимому ключевому выводу: «Овца равна революции и самоотрицанию».

В такой атмосфере эмоционального бреда отчасти и формируется стиль Харуки Мураками. Он отказывается от методов выражения и манеры презентации поколения родителей, коллекционирует символический городской хлам настоящего и немедленного, надевает саркастическую маску натужного веселья. И принимается «рассказывать истории», превращая ужас современного мира, с которым сталкивается любой выпускник университета, в простое и понятное «счастье» нескончаемого потребления. Казалось бы, его собственные чувства и совесть остаются под личиной «адвоката дьявола», а нам показывают зеркало, в котором не отражается ничего, кроме плоской реальности дорожных знаков и рекламных вывесок более не одушевленного, зато очень современного настоящего.

Наступает Эра Пустоты, в которой парит Дух Метрополии.

Не только японцы называют нынешнее время «Эрой Пустоты» — в 1980 годах в Соединенных Штатах даже сочинили термин «нет-поколение», удобно обозначив им тех, кто ни к чему не стремится: они не курят и не пьют, воздерживаются от мяса и даже не носят никаких украшений. Такие люди слишком отчетливо осознают себя крохотными незначительными сущностями гигантского социального института Метрополии, а потому им нет нужды слишком явно выражать свои эмоции и пристрастия.

У персонажей Харуки Мураками есть, разумеется, любимые джазовые пластинки, иностранные романы, марки пива — тривиальные игрушки, которых хватает лишь на то, чтобы оборудовать «детскую комнату», где можно жить в полном довольстве и счастье. Например, в «Пинболе» герой — «я» — живет с сестрами-близнецами, и ему завидуют окружающие, но едва ли их отношения можно назвать нормальными взаимоотношениями полов. Безымянные пронумерованные сестры в одинаковых майках из нового супермаркета сильнее всего напоминают куколок Барби. «Мы» в романе не занимаемся любовью — «мы» лишь убаюкиваем друг друга. Неплохо, конечно, и так...

Да и отношения «меня» с Крысой очень похожи на дружбу Снупи и Вудстока — наверное, самых любимых у автора персонажей комиксов, созданных Чарльзом Шульцем в 1950 году. Девиз Снупи: «Мне наплевать на тебя, поэтому и ты меня не трожь, будь добр». Явных родителей у него тоже нет — как и у Чарли Брауна. Снупи не любит спорить, он только валяется на крыше своей будки, смотрит в небо или просто спит. Герои Мураками не любят спорить, сидят в машинах, смотрят на море или просто спят. Правда, они еще любят готовить себе еду, но все равно — если хотите сделать Харуки Мураками комплимент, не говорите: «Ваши романы отражают ментальность молодого поколения». Скажите просто: «Ваши герои похожи на Снупи». Ему это больше понравится. Наверное.

Японский молодежный журнал «Эй-Джи» однажды представил книги Мураками своим читателям так: «Детали очень ярки, стиль письма — гладкий. Даже чужеродные эпизоды не нарушают этой гладкости, а лишь прибавляют эластичности и создают эффект жизнеподобия. Однако общую картину едва ли можно охватить взглядом... Но у некоторых все равно возникает вопрос: насколько соотносится эта беззаботность в отношении к жизни с реальностью нашей необходимости выжить в ней? Тем не менее, уже слишком много романов сплетено из языка такой реальности. Почему же мы не можем быть более открытыми, почему нельзя шире и глубже исследовать возможности *такого* анти-традиционного романа?»

И на самом деле: счастливый альянс языка и рассказчика к настоящему времени совершенно распался, и насколько же пустой предстала перед нами эта так называемая «живая реальность». Реальность мира и жизни намного отстала от реальности знаков и символов. Тем незначительным «маленьким людям», кто это понимает, язык больше не кажется принадлежностью сюжета — он сам становится сюжетом: минимальный «аварийный запас» выживания городского обитателя, кольчуга урбанистического Дон Кихота, сплетенная из цитат и имен, головоломка из очеловеченных фраз — «я тебя люблю», «больно», «одиноко». Их все, вместе с именами «культурных икон», с готовностью вербализует городская элита — и, как рекламные слоганы или брэнды товаров, сложенные вместе или сопоставленные друг с другом, они имеют очень мало смысла. Ибо под ними — все та же серая клубящаяся пустота автостоянок и брошенных строек.

Видимо, из Харуки Мураками получился бы хороший джазовый критик или дизайнер. Иноуэ Хисаси так описывал роман «Пинбол-1973»: «Ежедневные эпизоды осени, выраженные через хорошо продуманную аранжировку, но без претензии — как готовая джазовая пьеса». «Слушай песню ветра», с другой стороны, Кавамото Сабуро считает не «художественным романом» в полном смысле слова, но книгой разговорной, болтливой. Мы просто болтаем о том, что приходит в голову, пока перед нами и с нашим участием проходят эпизоды нашего существования. День за днем. Только части головоломки все же не до конца совмещаются друг с другом, и цельной картинки в конце мы не получаем. Работы Мураками фрагментарны навсегда — осколки, просто упавшие на землю перед первыми заморозками и вмерзшие в лужи вместе с бурыми листьями осени. Картину *какого* цельного мира, в самом деле, можно представить по ним?

Если читателя трогают эти книги, то явно не верностью цветопередачи и реалистичностью взгляда — скорее искусным использованием белого цвета и пустого пространства, паузами между музыкальными фразами. Разум читающего погружается в атмосферу разрозненных эпизодов — точно так же наша повседневная жизнь транслируется множеством каналов, и мы поглощаем отдельные сцены и фрагменты. Они проникают в нас и точно так же исчезают без следа. И мы точно так же не находим в этом смысла и уж подавно не можем контролировать процесс. Время — настоящее неопределенное. Связь времен не просто распалась — она оборвана намеренно; перед нами — лишь плоская урбанистическая поверхность жесткого настоящего.

Об американском писателе-фантасте Харлане Эллисоне Мураками как-то сказал, что его стиль можно назвать «машинописным»: *«Определить **машинопись** довольно трудно. В общем и целом, мне представляется, что суть **письма** как такового — сосредоточенность и сходимость сознания. Языком **машинописи**, напротив, становится рассеянность и разобщение сознания. Иными словами, чтобы стало яснее: в хаосе и смешении ценностей современного мира та сущность, которая называется **писателем**, должна что-то упускать из виду в том, что она пишет. Выразительными становятся сами пробелы. Именно это я и называю **машинописью».***

Мураками — писатель не нудный, этого не отнять. Он не желает развивать какую-то одну тему с непреклонностью бронепоезда — конечно, вытаскивать кусочки головоломки и весело их разбрасывать гораздо приятнее. Но он и не мечется из стороны в сторону. Романы его обычно строятся на параллельных и противоположных эпизодах, точно он сам боится свалиться в пропасть «одиночества» и «абсолюта». Потому и книги его заканчиваются беззаботно и легкомысленно — но в то же время остается непереданная и непередаваемая горечь. Оттого ли такая отстраненность, что его собственные лучшие времена — позади? Или это обычная меланхолия жителя большого города, знающего, что сколько бы он ни брился по утрам, к вечеру щетина все равно вылезет наружу?

Главная причина, однако, наверное, все же в том, что ему слишком хорошо известно о существовании современного «эпизодического ада», по необходимости противопоставляемого «аду личному». Хотя ему самому — его герою — «я» — удается довольно успешно и счастливо выживать в хаосе фрагментов нынешней Эры Пустоты, раздробленность и противоречивость этих фрагментов истощают силы, срывают по ночам с якорей, насколько хорошо бы ему ни удавалось к утру перезаряжать аккумуляторы и снова насвистывать в ванной веселенький мотивчик. Все как у нас, в общем. От пустоты и суетной бессмысленности не убежать. На выездах из города затруднено движение.

Стиль Харуки Мураками сейчас довольно безошибочно можно определить даже по одной странице. Знаки и сигналы просты: например, крайняя абстрактность диалогов его персонажей — до афористичности. В реальной жизни такие реплики, наверное, звучали бы претенциозно, но в разреженной атмосфере книг Мураками они до предела реальны, они звучат живее и естественнее, чем многие из наших разговоров перед телевизором или на кухне. Но автор пускается еще на одну хитрость: такие диалоги встраиваются в антиреалистическую повестовательную канву.

Наверное, так и нужно: тот, кто стремится воссоздать «внутреннюю реальность» своих персонажей, неизбежно в языке предпочтет абстракцию и антиреализм. Нагой индивид в современном урбанистическом обществе так лучше кристаллизуется. В аллегорию или афоризм — итог определенных наблюдений, теоретических выкладок банальных и стертых фраз.

И еще одна характерная черта — «детскость» его персонажей. Естественная человеческая доброта, богатое воображение, шаловливые сравнения и описания становятся игрой, которая не перестает удивлять и раздражать читателя: господи, ну когда же он повзрослеет? Цифры и несопоставимые пласты реальности, якобы значимые для описания состояния героя, — разновидности такой игры, доходящей иногда до полного абсурда. А вы как хотели? Мураками — не тот человек, кто будет писать серьезно о серьезном; но к важным для себя темам он не станет подходить легкомысленно. Он лучше рассечет сложную ситуацию на головоломку простых фрагментов, а каждый эпизод лишит его стандартной привычной ценности — и покажет вам вне зависимости от того, чего тот на самом деле стоит. Сами разберетесь, не маленькие. Цифры абстрактнее языка и требуют иных порядков мышления, а несопоставимость — сама по себе принцип дзэнский, ведь и коаны — не что иное, как короткое замыкание совершенно разных проявлений реальности друг на друга. Не думаю, что дневник подыхающего от скуки подростка из пригорода Токио был бы более познавательным чтением. А двойные структуры Мураками насквозь пронизаны аллегориями.

Детскость героев проявляется и в другом: ну кому, скажите на милость, придет в голову прилагать такие усилия, чтобы ехать на далекую станцию просто посмотреть на собак на перроне, или переворачивать вверх дном чуть ли не всю Японию, чтобы найти старый игральный автомат? Детское любопытство, дух изыскательства, любовь к приключениям — да, все правильно. Но — зачем? Зачем мы вообще совершаем на первый взгляд бессмысленные поступки? Только ли для того, чтобы заполнить пустоту внутри и раскрасить пустоту снаружи? Или это тщетные попытки обрести утраченную невинность отрочества и по-детски ясно взглянуть на мир, хорошенько постаравшись забыть, что он сильно изменился? «Том? — Нет ответа. — Том? — Нет ответа. — Куда же подевался этот несносный мальчишка? Том!» Куда же мы, черт возьми, все подевались, а?

Сцена

Скучаете ли вы по своему джаз-бару?

Иногда. Я держал его семь лет. Но я терпеть не могу пьяных клиентов. Мне приходилось драться с ними и вышвыривать вон. Еще некоторые музыканты по выходным заявлялись играть «под кайфом». Я не хотел бы связываться с этим снова. Но я многое понял о таланте. Например, лишь один из каждых десяти барменов обладает достаточной сноровкой, чтобы сделать хороший коктейль. Я научился доверять таланту — но в то же время понял, что просто иметь талант недостаточно. Талантливым рождаешься или же нет — это серьезный факт в жизни. Люди спрашивают меня, что им нужно делать, чтобы стать писателем. А я не знаю, как им ответить. Если у тебя нет таланта — это пустая трата времени. Но жизнь сама по себе, в той или иной степени, — пустая трата времени. Так что я не знаю...

Что побудило вас поехать жить и писать за границу?

Когда я жил в Японии, я хотел только одного — поскорее убраться отсюда! У меня с ней было столько проблем... Некоторые системы здесь я просто ненавижу. Так что я уехал в Штаты почти на пять лет, и вдруг, живя там, совершенно неожиданно захотел писать о Японии и о японцах. Иногда — о прошлом, иногда — о том, как всё сейчас. Легче писать о своей стране, когда ты далеко. На расстоянии можно увидеть свою страну такой, какая она есть. До того я как-то не очень хотел писать о Японии. Я просто хотел писать о себе и своем мире.

У многих в Штатах сложилось впечатление, что ваши истории могли бы запросто происходить где-нибудь в Нью-Джерси или в Вермонте. Случайно ли это?

Раньше, в молодые годы, мне хотелось писать только что-нибудь межнациональное. Я находился под сильным влиянием американских детективов. Любил этот стиль, эти авторские интонации. Это нечто фантастическое. Мне было 29, когда я изучал все эти истории. Они были учебниками для меня. Но я не хотел загадывать загадки, я хотел писать литературу. Я использовал их интонации, их стиль и структуру — но я хотел писать серьезные книги. Мой стиль очень сильно отличается от стиля моих японских коллег. И я допускаю, что некоторые мои истории могли бы произойти в том же Вермонте. Не все, но некоторые.

Вы решили использовать интернациональную форму повествования, но наполнять ее своими фантазиями, своим материалом, оставаясь при этом именно японским писателем. Это звучит очень самоуверенно — как будто вы сами решили манипулировать структурами своего жанра.

Основная традиция в японской литературе — «сисё:сэцу» [дневник, «роман о себе»]. Когда я написал свою первую книгу, многие были шокированы. Мои истории очень сильно отличались от «сисё:сэцу». Лишь несколько критиков тогда признали мое существование. Большинство же из них и до сих пор меня терпеть не могут. Но многим читателям мои книги понравились, и это хорошо. Если ты нашел своего читателя — ты выживаешь. Таков принцип. Сначала у меня появилось сто тысяч читателей. Я вцепился в них и не отпустил. Через десять лет их стало двести тысяч. Еще лучше. А когда я написал «Норвежский лес», у меня появились миллионы читателей. Вот это было нечто! Конечно, миллионы — это исключение. Такое случается один раз за всю жизнь.

Вы сами удивляетесь тому, что случается в повествовании, — ну, как если бы вы были читателем, — или же всегда знаете, что будет дальше?

Никогда не знаю. Мне всегда нравилось писать именно потому, что я понятия не имею, что случится, заверни я за вон тот угол... Никогда не знаешь, что там найдешь. Читать книги особенно приятно именно так — вспомните детство! — когда не представляешь, что будет дальше. И когда я пишу, со мной происходит то же самое. Очень большое удовольствие.

Вы все время жили нетрадиционной жизнью — особенно здесь, в Японии. Не примыкаете ни к каким группировкам. Сторонитесь литературных кругов, избегаете давать интервью и т. п. Вместо этого путешествуете, пишете что хотите, идете своим путем. Как вы думаете, хотела бы жить такой жизнью сегодняшняя молодежь Японии?

Они меняются. Они отличаются от предыдущих поколений. Иногда они делают глупости. Когда я бываю в районе Сибуя, мне странно и отвратительно видеть крашеные белые волосы и туфли на слоновьих платформах. Ужасно глупо. Но они очень стараются. Это так нелегко — быть сейчас ребенком. Они не знают своей цели, своего предназначения, не понимают, что ими движет, когда они что-либо делают. Но я думаю, у них есть потенциал. И в то же время, они опасны. Национализм — опасное движение в Японии. Я всего лишь писатель, и иногда я чувствую себя бессильным. Против таких сильных течений не очень-то и поборешься. Но лозунги умирают быстро. А истории могут жить гораздо дольше. Пусть даже слова у хороших историй не настолько громкие — упадок проходит, а они остаются.

О японской молодежи — тинэйджерах, двадцатилетних и старше — пишут сейчас довольно много как здесь, так и за границей. Теперь, когда лопнул экономический «мыльный пузырь», есть ли у Японии шанс по-настоящему измениться?

Я принадлежу к поколению «бэби-бума» — нас родилось тогда очень много. И большинство нынеш-

ней молодежи наше поколение на дух не переносит. Поколение двадцатилетних — это поколение моих собственных детей. Я получаю от них много писем, они пишут: «Вам столько же лет, сколько моему отцу». Я отвечаю: «Но я — не твой отец!» Они хотят знать, почему у них не получается общения с собственными отцами. Они говорят: мой отец совершенно не понимает меня, и я совершенно не понимаю своего отца. Но когда они читают мои книги — мои чувства они почему-то понимают нормально. Многое меняется сейчас — и в Японии, и во всем мире. Многое сдвигается. Нет никакой определенной системы или строгого порядка. Многие чувствуют себя незащищенными.

Но мне кажется, я всю жизнь испытываю то же самое — с тех пор, как мне стукнуло двадцать. И я могу чувствовать то, что чувствуют сегодня они. Я больше не молод, но такие вещи я ощущаю. В годы моего студенчества сам воздух, казалось, сочился идеализмом, антивоенными настроениями, контркультурой. Я тоже участвовал в этом, понятное дело, — но уже к началу 70-х со всем этим было покончено. И тогда я понял, что надежности нет ни в чем. Я уже не мог ничему доверять. И пообещал себе, что больше никогда не примкну ни к каким движениям, идеологиям или «измам». Они разочаровали меня. Они предали меня. И я начал записывать то, что чувствовал обо всем этом мире. Это и был мой старт.

*И с тех пор я пишу об опасном мире, где под землей, прямо у тебя под ногами, существуют еще подземелья, и всякие загадочные существа живут и передвигаются — **там внизу, в темноте**. Ты не можешь ничего разглядеть, но чувствуешь, как там что-то движется. Иногда удается разглядеть особо странные создания — например, Человека-Овцу.*

Человек-Овца сам не хочет ничего сказать — он просто возникает перед тобой, и все. Но он являет собой Послание, и тебе остается только принять это Послание как оно есть. Его необязательно как-то анализировать, достаточно просто принять. Некоторые при этом чувствуют себя крайне неуютно. А я спокойно принимаю Послание как оно есть, ибо оно — ключ к моему подсознанию. И я думаю, как раз вот такие структуры особенно важны для моих историй...

*Да, «экономический пузырь» лопнул — но меня это не волнует. С гибелью контркультуры мое поколение просто ушло в компании и работало не покладая рук. Японская экономика достигла в развитии потолка — и резко провалилась сама в себя. Так что если эти дети не могут доверять своим отцам, не любят своих отцов — я думаю, это потому, что поколение отцов проиграло, проиграли его экономические приоритеты. Но что особенно грустно — проиграли всеяпонские общественные ценности. Японцы так прилежно работали на протяжении 50-ти лет. Но вдруг оказалось, что это ничего не значит. И дети **того** поколения тоже ощутили себя одинокими и потерянными.*

Когда читаешь у вас о том, как проиграло поколение контркультуры 70-х, а потом, двадцать лет спустя, точно так же проиграло поколение фанатиков экономического успеха, невольно думаешь: как хорошо в ваших книгах схвачено это сверхъестественное одиночество... Может быть, как раз на это и откликаются сегодняшние дети?

Да. Герои моих книг — очень одинокие люди. Но у них есть хотя бы их стиль и их стремление вы-

жить. А это много значит. Они не знают, для чего они живут и каковы их цели, но им все-таки приходится жить. Это своего рода стоицизм — выживать только на своей одержимости. Иногда это почти религиозность. Вы можете называть это постмодернистским взглядом — жить бессмысленную жизнь только на своем вкусе, своем стиле. Порой мои читатели бывают поражены таким стоицизмом. Это нелегко, вы знаете.

Ваши герои совершенно не вписываются в рамки той трудоголической системы ценностей, которая, как вы говорите, была так сильна в послевоенной Японии. Что же вас привлекает в таких героях?

Всю жизнь после окончания университета я жил сам, ни от кого не завися. Никогда не принадлежал никакой компании или системе. В Японии жить таким образом очень непросто. Тебя оценивают по тому, в какой фирме ты служишь или какой системе принадлежишь. Для большинства японцев это чрезвычайно важно. И в этом смысле я всегда был аутсайдером. Было довольно тяжело, но мне всегда нравился такой стиль жизни. И в последние годы молодежь в Японии старается, по возможности, жить именно таким стилем жизни. Они не верят ни в какие фирмы. Еще десять лет назад «Мицубиси» или другие фирмы-гиганты были непоколебимы. Теперь это не так. Особенно в самое последнее время. Молодые люди не доверяют вообще ничему. Они хотят быть свободными. Нынешние система, общество не принимают таких людей. Если по окончании университета они не идут наниматься в фирму — им приходится быть аутсайдерами. И на сегодняшний день такие люди составляют уже солидную группу в обществе. Я очень хорошо понимаю, что они чувствуют. Мне 48, а им за 20 или за 30 — но вот у меня есть страница в Интернете, где мы с ними переписываемся, и они мне шлют письма, и сообщают, что им нравятся мои книги. Как странно! Мы с ними такие разные, но можем понимать друг друга очень естественно. Мне нравится эта естественность. Я чувствую, наше общество постепенно меняется... Мы обсуждали с ними героев моих книг. Похоже, мои читатели действительно сопереживают моим героям, испытывают к ним симпатию. Я хочу верить, что это так: что мои истории действительно созвучны их естественному желанию быть свободными и независимыми людьми.

...Я принадлежу к поколению идеалистов 60-х. Мы действительно верили, что мир станет лучше, если очень постараться. Мы очень старались — но в каком-то смысле все равно проиграли. Однако я пытаюсь пронести чувство этого идеализма через всю жизнь. И до сих пор верю, что идеализм способен сделать много хорошего в будущем...

Вы говорите, в вашем творчестве очень важно именно сочинительство. Местами ваши истории звучат совершенно реалистично, а иногда они же вдруг становятся очень... метафизическими.

*Я пишу **мистические** истории. Сам не знаю, почему я так люблю все мистическое. В жизни я реалист. И ни во что не ставлю все эти мифы Новой Эры — реинкарнации, сны, таро, гороскопы... Просто не верю таким штукам ни на йоту. Я просыпаюсь каждое утро в 6 и ложусь каждый вечер в 10. Каждый день бегаю по утрам, плаваю в бассейне и ем «здоровую» пищу. Я ужасный ре-*

алист. Но когда я пишу — я пишу мистику. Это очень странно: чем серьезнее то, о чем я хочу сказать, тем больше там мистики. Соберусь написать о реальности общества и мира — а выходит нечто потустороннее. Меня многие спрашивают, в чем тут дело, а я не могу объяснить. Но еще когда я брал интервью у тех 63-х жертв газовой атаки секты «Аум» в Токийском метро в 1995 году, я обратил внимание: все они были очень прямодушные люди, обычные и вполне среднестатистические. Однако в их рассказах то и дело упоминалось что-нибудь сверхъестественное. Все это очень интересно.

...О да, очень. Но меня как писателя интересует человеческое подсознание. Я мало читаю Юнга, но в его вещах есть некое сходство с моими. Только для меня подсознание — terra incognita. Я не собираюсь это анализировать — а Юнг и все эти люди, психиатры, вечно анализируют природу сновидений и ищут скрытые значения в чем ни попадя... Я так не хочу. Я просто воспринимаю это как объект целиком. Может, это и есть метафизика — но, мне кажется, я умею правильно распоряжаться своей метафизикой. Хотя иногда это даже опасно — постоянно удерживать свою метафизику под контролем. Мне кажется, что я, писатель, знаю, как это нужно делать. Уверен, что смогу... Правда, для этого нужно время. Нельзя сегодня начать что-то писать — а завтра уже войти в тот мир. Нужно изо дня в день терпеть и много работать. И — уметь сосредоточиваться. Последнее, пожалуй, — самое важное для писательства. Я тренировался много дней подряд. И здесь нужны именно физические силы. Многие писатели это презирают... Слишком много пьют и слишком много курят. Я их не критикую, просто

для меня физическая сила — решающий фактор. Люди не верят, что я писатель, потому что я бегаю по утрам и плаваю каждый день. Они говорят: «Ну какой же это писатель!..»

Одиночество созерцания возможностей в мире, который к ним слеп, — центральная тема в ваших книгах. Но ваши герои, похоже, находят себя в рассказывании историй?

Рассказывание историй лечит. Если ты можешь рассказать хорошую историю, ты можешь быть исцелен. [Мои книги — это] ...попытки абсолютного романа, собрания историй, рассказанных разными персонажами. Они рассказывают и исцеляют друг друга. Роман — книга исцеления. Когда ты выбит из колеи появлением другого мира, новыми горизонтами — любовь исцеляет тебя. И я думаю, рассказывать хорошие истории — это проявление любви. Наверное, поэтому я пишу книги. Я хочу исцелиться.

Одинокий голос человека

Для меня читать романы Мураками — как снова и снова переживать любовный цикл. Это любовь, обреченная на неудачу. В начале мы страстно влюбляемся в его книги. Дойдя до середины, начинаем сходить с ума — точно напились допьяна, — и нам даже хочется, чтобы книга не кончалась. А к концу в нас вползает печаль: мы начинаем понимать, что эта любовь — книга — неизбежно подойдет к финалу. Но мы смело пускаемся в окончание романа — нам же любопытно, что произойдет в самом конце. И в то же время знаем — разлука близка.

Мы всегда испытываем к книгам Харуки Мураками одни и те же чувства, ибо книги его напоминают всю романтическую любовь в этом мире сразу. Но как бы мы сами ни старались, как бы глубоко и истинно ни переживали, Судьба возьмет свое.

У меня с книгами Мураками — любовь. Как, на самом деле, и у большинства из нас. Этим чувством и объясняется, почему мы так легко покупаемся на ту печаль, которую создает в них автор. Каким бы ни оказался конец — счастливым или грустным, — у нас остается лишь ощущение безысходности, комок в горле и слезы на глазах.

Все из-за Харуки Мураками.

Толпа

«В принципе, все, что я говорю, очень мало кто понимает. Потому что большинство людей вокруг меня думает как-то совсем по-другому. Но я для себя все равно считаю свою точку зрения самой правильной, поэтому вечно приходится всем всё разжевывать...»

Я прочел почти все книги Харуки Мураками. Когда его еще не переводили на русский, читал по-английски. Долго и преданно. И могу точно сказать: врет. Хитрит. Увиливает.

Все его отлично понимают. Потому и любят его книжки чуть не до судорог — и не только как реквизит для знакомства с умненькими девушками в модных кафе. Потому и стучится ровный голос его героя в национальное подсознательное. Тук-тук. Ку-ку? Узнал меня? Я — это ты.

Я точно такой же, хоть и живу в стране восходящего светила. На самом деле, светило вот уже некоторое время бесповоротно закатывается. И для тебя, дружок, оно тоже закатывается — только ты пока этого не знаешь в своей бескрайней европейской Сибири. Или бескрайней американской Монтане. Ты просто боишься признаться, что рождаешься в уже мертвом мире — это в детстве он еще не кажется таким мертвым. А потом ты становишься старше, начинаешь ходить в бары и кино, открываешь с приятелем рекламную контору...

И постоянно хочешь вернуться назад, в свое акварельно-пастельное детство. Снова услышать песню ветра, сыграть в пинбол. Вот только не очень получается. И от этого тебя клинит, крючит и тормозит. Ты не можешь внятно выражаться и вообще предпочел бы не видеть никаких людей, кроме тех, что еще живут в твоей голове. У тебя приступы эхолалии, тебя прет по детскому буквализму и тебе очень трудно удержаться от разжевывания до-ломоты-в-зубах банальных вещей, которые кажутся откровениями разве что тебе самому. Да и разжевываешь ты их преимущественно самому себе — все равно рядом больше никого нет, все умерли. Даже слишком взрослая тринадцатилетняя девочка, твой единственный собеседник.

Все вокруг давно умерли для каждого из нас. Тогда почему же *мы* все равно слышим мертвую песню этого марсианского ветра?

Потому что у нас есть уши. И не только затем, чтобы слушать Вивальди, джаз или старенький рок-н-ролл — чем старше и ближе к детству человечества и XX века, тем лучше. Ухо у Мураками — явная метафора возврата в крайнее детство, материнскую утробу. Недаром у еще безымянной в «Овцах» Кики, которую критики сильно хвалили за «выпуклость и убедительность образа» (чуть ли не первого реального женского образа в японской, такой «нефаллоцентричной» литературе), ухо — единственная по-настоящему выпуклая и убедительная черта. Остальное — мираж. Все правильно, писатель вообще очень старался над женскими образами — но почему же они тогда чуть ли не во всех его книгах пытаются поскорее себя убить? Наверное, у женщин тоньше кожа, наверное, им сильнее хочется назад, и окружающий мир им нестерпимее. Попытки же автора усилить женский образ в «Пинболе» за счет энди-уорхоловской редупликации — довольно хромые, надо признать. Там стерео все равно в конце выключили: фантомы остались фантомами и так и уехали в свое призрачное никуда.

...И вот в это ухо-вагину главный персонаж Харуки Мураками — он сам, не иначе — и пытается безуспешно вернуться на протяжении нескольких романов. А когда не получается, влезает в ухо другим призракам — нам с тобой. Говорит, рассказывает, разжевывает. Но, наивный, думает, что дойдя до простых истин своего биологического одиночества в мире собственным «кривым, глухим и окольным» путем, уже «оттуда», из приобретенной «мистической мудрости» своей, а на деле — обычной и житейской, сможет что-то объяснить. Рассказать остальным фикциям разума, как срезать углы, сможет нанести на карту ориентиры — бар Джея, отель «Дельфин»... Он же писатель, елки-палки, — значит, должен писать, правило такое. Но не понимает, что лишь топчется на месте — выходит то невнятная метафизика, то банально, то просто проповедь. Да и не вернешься этим путем в детство — скорее, пожалуй, наоборот.

И мы топчемся на месте вместе с ним. Почему японский шестидесятник (по внутреннему ощущению) и семидесятник (по внешнему результату) вдруг так попал на волну в России только в середине 90-х? Дело не в подвигах переводчиков и разведчиков. Просто тормозной путь у нас длиннее, чем у японцев, и темпоритм совпал лишь недавно. Интерференция альфа-излучения случилась не только у переводчиков с автором — у всех нас, у городской массы, а насчет сельской местности врать не буду.

Весь этот «новый экзистенциализм» Харуки Мураками и его инфантильных персонажей — одна сплошная попытка вернуться в детство, «родиться обратно». «Возврат в утробу» характерен для всей японской литературы, объясняют нам. Но Мураками-то в детстве читал другие книжки, и от «старого», классического экзистенциализма теперь мало чем отличается: там, где корнями вросшие в европейское общество камю и сартры, отрицая свою «ангажированность», кидались на пол и в детской истерике капризничали и колотили ногами по ковру, Мураками, едва ли не прочнее вписанный в еще более жестко структурированную действительность, дуется на весь свет, капризничает и аутично забивается в угол. Разница в темпераменте, не больше. А мир — мир за последнее время стал еще гаже повсюду. Были, знаем.

Ну а мы с тобой, дружок, мы-то тут где? Мы с тобой — те самые монстры, которые по-детски до сих пор мерещатся под кроватью. Ведь в «мирах Мураками» нет ничего вокруг — есть только мое малышовое испуганное я. Нет «героя своего времени». Нет «прочувствованной и осознанной позиции» — есть маленький человечек, и ему по-настоящему страшно. Одному. Потому что ни толпы, ни тем более читателей вокруг тоже нет. Вернее, ему до них нет дела, как никому другому в этих многомиллионных метрополиях нет дела до него. Они — такие же чудовища.

Поэтому, среди прочего, абсолютно все равно, где происходит действие романов Мураками — а мы-то с тобой все удивлялись, почему у него Япония такая неяпонская, почему пицца, «Битлз» и Снупи. Ах, новое открытие Америки, ах, космополит... На самом деле, свои местные Дзюнитаки не просто в голове у каждого из нас — мы сами и есть эти самые «двенадцать водопадов». И Человек-Овца — тоже мы. И коммутатор из «Пинбола»... А похоронили они его с девчонками-близняшками не зря — в «Дэнсе» Мураками попробовал оживить железку снова, но получилось плохо, энергии хватило только на призрак, да и тот не работал, не коммутировал... Наверное, оказалось просто некого и не с кем.

И мы с тобой не просто ведемся на его рассуждения за жизнь и пытаемся найти глубокий смысл там, где его не может быть, — мы в упор не видим, вернее — не слышим этой банальности бытия, сквозящей из всех «пауз в словах». Ведь почему мы с тобой иногда не можем оторваться от мыльных опер по телевизору? Там все линейно, иначе мы не ловим смысл — не успеваем. Тормозной путь глаза длинный. Почему так любим обласканные в модных журналах книжные серии длинных замшелых романов, а коротких стихов почти совсем не читаем? Все потому же — в толстых книгах есть где разогнаться уху и хоть что-то расслышать... А постоянное подспудное ощущение тотального фак-апа — это скорее для детей, которые только начинают понимать, что они в мире остались одни, и мама их обратно больше не родит.

И мы жуем ириски, по вкусу похожие на неоднократно пережеванный чуингам, — да так, что за ушами трещит. И пролетает мимо этих ушей простое и беспафосное авторское: да, мой герой — мечтатель, мозгляк-интроверт, банальный лузер, я сам — такой же банальный лузер, у банальных лузеров есть своя литература, и она — вот такая. За что меня на родине терпеть не может писательская элита и боготворят массы — потому что все они такие же «бата-кусаи» и банальные лузеры. Я просто показываю им форточку и даю подышать воздухом остального призрачного мира, послушать старую музыку, чтобы они смогли узнать припев. Но это ведь не главное — это я им просто кости швыряю, шевелю ложноножками, только бы не подумали, что я никогда не жил. Главного они увидеть, наверное, и не должны. Того, что мне — страшно.

Мураками, такой недалекий, но симпатичный, совсем как мы с тобой, не боится не скрывать своей растворенности в толпе. Или ему в голову просто не приходит ее прятать. До ответов на вопросы собственных книг он еще не дожил, ибо пока не умер. Но, к своей писательской чести, продолжает вести этот репортаж с петлей на шее, честно описывая это безысходное существование как оно есть, в процессе. Подводит к вопросам, а не задает и тем паче — не отвечает на них. Такое себе приглашение к танцу. Invitation to the blues. А дальше он пока не придумал.

Оттого-то и тоска, оттого и блюз неплохого человека, которому довольно фигово. Такого же маленького человека из толпы, как ты и я, дружок. Которому хочется стать еще меньше, а никак...

Такие вот грустные сказки. Для старшего школьного возраста.

В статье использованы материалы интервью Харуки Мураками журналам «Salon Magazine» и «Kansai Time Out» (в переводе Дм. Коваленина), отдельные положения критических работ Кавамото Сабуро и эссе Сю Гова.

М. Немцов